本研究系牡丹江师范学院博士科研启动基金项目“中日韩近代家族小说比较研究——以巴金的《家》、岛崎藤村的《家》、廉尚燮的《三代》为中心”（项目编号：MNUB202102）

巴金与廉尚燮文学的比较研究
——以回归家族叙事的过程为中心

金星　著

中国纺织出版社有限公司

内 容 提 要

本书以巴金和廉尚燮的整体作品为研究对象，围绕“离家”和“归家”叙事过程进行比较研究，考察其叙事是如何回归家族这一命题。本书以社会、个人层面为中心，考察了两位作家的留学经历；以个性（感性）、现实性、功利性为主，考察了两位作家的文学思想；以“离家”和“归家”为中心，分析这些文学思想如何在具体的文学作品中呈现。本书适用于比较文学研究人员。

图书在版编目（CIP）数据

巴金与廉尚燮文学的比较研究：以回归家族叙事的过程为中心 / 金星著 . -- 北京 : 中国纺织出版社有限公司，2024.5

ISBN 978-7-5229-1760-3

Ⅰ. ①巴… Ⅱ. ①金… Ⅲ. ①巴金（1904—2005）—小说研究 ②廉尚燮（1897—1963）—小说研究 Ⅳ. ① I207.42 ② I312.074

中国国家版本馆 CIP 数据核字（2024）第 091053 号

责任编辑：段子君　　责任校对：高　涵　　责任印制：储志伟

中国纺织出版社有限公司出版发行
地址：北京市朝阳区百子湾东里 A407 号楼　邮政编码：100124
销售电话：010—67004422　传真：010—87155801
http://www.c-textilep.com
中国纺织出版社天猫旗舰店
官方微博 http://weibo.com/2119887771
天津千鹤文化传播有限公司印刷　各地新华书店经销
2024 年 5 月第 1 版第 1 次印刷
开本：710×1000　1/16　印张：8.25
字数：145 千字　定价：99.90 元

前　言

本书试图以较为广阔的比较文学视角来重新考察巴金与廉尚燮的文学。1992年，以中韩建交为契机，两国近代文学比较研究相对迟缓的局面逐步得到了改善，随之，优秀的研究成果层出不穷。廉尚燮与巴金的比较研究便是在这样一个大的背景下进行。但较为遗憾的是，有关两位作家的比较研究依然局限于《三代》和《家》这两部作品，并共享着封建家族制度的衰败或解体这一命题。由此可见，有关两位作家的比较研究还需要一步加深。鉴于此，本书不同于以往的研究，将研究对象扩展到两位作家的更多作品，考察其叙事是如何回归家族这一命题。

廉尚燮与巴金各自经历了朝鲜王朝与清王朝的灭亡，又各自留学于日本与法国。在这个过程当中二人获得了“怀疑”与“希望”这两种对待近代截然不同的视角。这一点尤其体现在两位作家虽然都追求文学的个性、现实性、功利性，但追求方式截然不同。在廉尚燮看来，文学是个人个性的展露，而且这种个性还可以扩展到民族性的层面。巴金则认为文学是个人情感的体现，而且这种情感是超越民族，指向全人类的。他的这种情感近似于世界市民意识。在敌国日本留学的廉尚燮获得了独特的“不和谐音”，而巴金则通过在近代的发源地之一的法国留学，获得了近似于世界市民的意识。所以，两位作家虽然都注重小说的现实性，但巴金注重生活本身，而廉尚燮注重与民族问题相结合的现实问题。虽如此，但我们依然可以发现两位作家都注重文学的功利性。特别是对待社会主义运动，两位作家虽然认同，但又保持一定的距离。也就是说，在充分保证艺术性的前提之下，是可以追求文学的功利性的。而这一切基于两位作家成熟的小说家意识。所以，追求介于艺术性与功利性之间的平衡性才是中韩两国小说家获得小说真实性的过程。

在这种基于反映现实的艺术性及作为主体意识的功利性相互作用的过程中，两位作家向我们展示了以男性主人公离家为开始，最终归来的叙事过程，而这在东亚的小说发展史上具有重要意义，有必要关注。

廉尚燮与巴金在各自的中篇《万岁前》及《灭亡》当中描写了离家的知识分子李寅华与杜大心。虽说两位作家都采用了离家叙事，结果却大不相同。在对待本国民众的态度上，相较于保持距离的李寅华，杜大心虽然认识到了现实的残酷性，但仍旧不放弃，并为了改变这种局面而努力。最终，与选择“自我”的李寅华不同，杜大心通过继承者李静淑延续革命。虽然两位作家都用了“离家”这一母题，但相对于廉尚燮小说表现出的不和谐音，巴金小说的活泼性体现得淋漓尽致。相对于保有建设近代国家希望的中国，韩国在殖民势力的压制下，不得不追求更为冷酷的现实主义。

但是“离家”母题并未以怀疑或提出问题而结束。因为廉尚燮与巴金在各自的长篇《爱与罪》及“爱情三部曲”当中，试图将个人生活与社会生活相结合。受到封建家长制毒害而离家的主人公们不仅追求个人的爱情，同时还肩负着一定的社会责任感。《爱与罪》中的李海春与池顺英、“爱情三部曲”中的吴仁民与李佩珠便是这类人。但即便如此，两位作家在对待个人与社会孰轻孰重的问题上仍存在着差异。相对于将叙事的重点放在革命上的“爱情三部曲”，《爱与罪》则将叙事的重点放在了爱情上。这虽然可以被看成是政治叙事所带来的差异，但也与艺术性和功利性所发挥的功能有所不同的中韩两国的社会环境有着一定的联系。在当时的韩国，追求小说的现实性本身就相当于公平涉及社会生活问题，而在通过展望未来而观照世界的中国，功利性的问题会更加得到重视。

1920 年末至 1930 年初，中韩两国的社会状况都发生了极大的变化。在中国，无政府主义运动进入了低谷期，相反，社会主义运动蓬勃发展，而且日本帝国主义的入侵也步步紧逼。在韩国，提倡左右合作的新干会运动也因日本帝国主义殖民当局的镇压而停滞，这使得民族运动举步维艰。在这样的情况下，不同于通过离家而冒险的初期作品，廉尚燮与巴金再次将关注的目光投向了家族。也就是说，离家叙事变成了归家叙事。在现实条件恶劣的情况下，两位作家为了解决现实问题而将家族设置为最后的堡垒，将小说的关注点集中于此。所以，这一时期，两位作家的作品当中有关自由恋爱及革命或民族运动的叙事相对家族叙事明显减少了许多。具有代表性的作品便是廉尚燮的短篇《南忠绪》。南忠绪的父亲是朝鲜人，而母亲是日本人。廉尚燮在弥漫的殖民势力下，通过这样一位问题人物，对于如何改善现实问题给出了解决方法并予以提示。而巴金则通过短篇《一个女人》来讲述革命家的后日谈。这部作品的女主人公曾参加过革命，但现如今已经被“孩子”所象征的家庭琐事磨得丧失斗志。在这一时期，家族或家庭不再作为批判的对象，而是作为为了直面现实而需要认真面对的主题摆在两位作家面前。

需要指出的是，廉尚燮与巴金在各自的长篇《二心》与《寒夜》当中以新女性为主人公，深化了这种问题意识。但是在对待主人公的自我意识上，两位作家的态度存在着明显的差异。廉尚燮虽然志在提倡新的家族伦理，但他无视春京的自我意识，以传统的伦理道德来裁判她，将她视为失去贞操的女人。与此相反，巴金则尊重曾树生的自我意识，同情传统的伦理道德给其带来的伤害，并以此为鉴，期盼新的、合理的家族伦理诞生。由此可以看出，廉尚燮基于传统的女性观使原本其小说呈现的“不和谐的美学”一去不复返，取而代之的是通俗化的叙事。这一点在《三代》前后的作品当中也屡屡出现。

以往有关廉尚燮《三代》及巴金的《家》的比较研究，其焦点往往聚集在封建家长制的解体上，作为叛逆者，德基与觉慧的形象已经深入人心。但仔细揣摩便不难发现，其实德基是一位领导家族的现实型家长。这一点从他在祖父临死前接管象征家族财富的钥匙的场面就可以知道。再者，我们需要明确一点，《家》是“激流三部曲”的第一部。实际上，在第二部《春》及第三部《秋》当中，我们已经找不到觉慧的踪影。自始至终贯穿三部曲的主人公其实是觉新。他与德基有着许多共同点。就像德基援助马克思主义者炳华一样，觉新也成为了离家出走投身革命事业的觉慧的后援者。就像德基调节家族内部的矛盾，解除来自家族外部的威胁一样，觉新也在积极地调节第一、二代人与第三代人之间的矛盾，并为了重振家族而忠于家长一职。不同的是，廉尚燮通过《三代》的德基想要维持现实；而巴金通过“激流三部曲”的觉新建构了整体性，不仅如此，他还展望未来，揭示了新的家族形式及伦理道德。

金星

2023 年 12 月

目　录

第一章　绪　论

第一节　问题意识及研究目的

20 世纪 30 年代，中韩两国出现了大量以家族（家庭）为题材的长篇小说。从展现传统的解体和殖民地近代化这一点来看，家族这一题材牵引了展现一个时代典型的小说形式，它已经超越了单纯的素材层面。同时，为了通过小说审视世界，更具体地说是审视半殖民地和殖民地[1]，家族也被许多作家们视为一个重要的媒介。

巴金（1904—2005）和廉尚燮（1897—1963）在中韩两国近代文学史上占有非常重要的地位。特别是在小说这一体裁上，两位作家取得的成就可以说点缀了两国的近代文学史。分别出生于清朝末年和朝鲜王朝末年的两位作家不仅亲身体验了封建王朝的没落，还体验了因帝国侵略而沦为的半殖民地和殖民地社会。因此，他们的文学也恰如其分地表现了并不顺利的东亚近代化。

“以卓越的方式展现经历过的世界的作家”[2]廉尚燮 1921 年在杂志《开辟》8 月号发表了短篇小说《标本室的青蛙》，开始在朝鲜[3]文坛崭露头角。之后正式走上文学之路的他不仅发表了多数长篇，还发表了许多中短篇，在 20 世纪 30 年代一跃成为朝鲜文坛上举足轻重的作家。反映殖民地朝鲜现实的中篇小说《万岁

---

❶ 在此，有必要简单提及在日本帝国主义灭亡之前分别处于半殖民地和殖民地的中韩两国的社会特点。以韩国社会为例，这一时期，在日本帝国主义的统治下，市民权利大体上被剥夺，民族资本无法发展壮大，无法形成自由的市民阶级。相反，中国社会与这一时期的韩国社会不同，相对的政治自由得到了保障。农民、劳动者和早期形态的民族资产阶级（地主阶级）之间的阶级矛盾和外国资本主义、帝国主义之间的民族矛盾并存。这一时期，韩国社会虽然也存在阶级矛盾，但问题的中心始终是民族矛盾。而且，经过日本帝国主义的土地调查工作，佃农的权利被消灭，地主的私有权得到保障，地主和日本殖民地的权力勾结，阶级矛盾和民族矛盾交织在一起。这可以说是明显区别于中国社会之处。申容厦 . 韩国近代社会和国际环境［M］. 首尔：NANAM, 2008：37-38；田中正俊 . 马关条约（1895）和中国经济的半殖民地化构造［J］. 大东文化，1988（18）：498-499.

❷ 金允植，金炫 . 韩国文学史［M］. 首尔：民音出版社，2009：255.

❸ 此时的朝鲜指的是分裂之前的朝鲜半岛。

前》和讲述赵氏一家世代矛盾的长篇《三代》可以说是奠定了廉尚燮作家地位的代表作。同时，他还以评论家的身份活跃在文坛上，在与左翼（普罗）文学的论争中也被认为是民族文学派的重要一员。解放后，他仍坚持进行作品创作。被称为“热情理想的作家”❶的巴金和廉尚燮一样，他 25 岁那年在《小说月报》上发表了自己的第一部中篇小说《灭亡》，开始展现出作为小说家的气质。之后发表了一系列三部曲❷。特别是描写高氏一家兴衰的长篇小说《家》，奠定了其在文坛的地位。此外，他还发表了许多短篇小说和散文。值得一提的是，晚年他发表的散文集《随想录》被评价为相应历史时期中国知识分子真实的内心写照。

由于两位作家在各自国家文学史上的重要地位，所以韩国的廉尚燮研究和中国的巴金研究都开始得较早，其成果不仅在数量上，而且在质量上也有了一定的积累。特别是 1992 年中韩建交后，随着政治、经济、文化交流越发频繁和活跃，其影响力渗透到了学术领域，其标志之一，就是以比较文学视角为切入点的近代文学研究成果层出不穷❸。从这一时期❹开始，以巴金和廉尚燮为对象的近代文学比较研究受到了中韩两国学者的关注。

迄今为止，中韩两国学术界还没有确认巴金和廉尚燮之间的任何直接或者间接的交流关系❺，因此，探明“影响关系”的比较研究方法并不适用，相比之下，

❶ 鲁迅．答徐懋庸并关于抗日统一战线问题 [M]// 鲁迅全集：第六卷．北京：人民文学出版社，2005：556.

❷ 指由《灭亡》(《小说月报》1929.1~4）、《新生》（开明书店，1933.9）、《死去的太阳》（开明书店，1931）组成的革命三部曲，由《雾》（新中国书局，1931.11）、《雨》（良友图书印刷公司，1933.1）、《电》（良友图书印刷公司，1935.3）组成的《爱情三部曲》，由《家》（开明书店，1933.5）、《春》（开明书店，1938.3）、《秋》（开明书店，1940.4）组成的激流三部曲。

❸ 在此之前也有关于中韩两国文学的比较研究，但侧重于古典文学，近代文学的比较研究成果相对较少。韩国学者朴宰雨将中韩两国近代文学的比较研究按时期分为开拓期（60~70 年代）、渐增期（80 年代）、发展期（90 年代以后）。他将就读于韩国成均馆大学的台湾留学生陈柱三于 1964 年撰写的硕士学位论文《三一与五四文学运行的比较研究》视为中韩两国近代文学比较研究的开山之作。朴宰雨．中韩现代文学比较研究的历史、现状以及课题 [J]．韩国现代文学比较，2002（22）.

❹ 最先提出巴金与廉尚燮文学比较研究可能性的人是武振平。他介绍了《三代》，并提出如果从儒教的观点出发，将其与巴金的《家》进行比较研究，将是一项十分有趣的工作。武振平．韩国廉想涉的长篇小说《三代》[J]．书城，1997（5）.

❺ 可能在今后相当长的一段时间内也不会有。但有必要关注柳基石这个人。他是位无政府主义者，与巴金结交。同时也是中国第一个将廉尚燮的评论《文坛上的集体意识和个人意识》(《文艺公论》，1929.5）翻译成《文学上的集团意识和个人意识》(《群众月刊》第 6 期，1929），并进行介绍的人。由此可以谨慎地推敲巴金和廉尚燮的思想是否具有某些有共同之处。柳基石（1905—1980），韩国独立运动家、无政府主义者。相较于本名，其笔名柳絮、柳树人更为出名。他是在韩国最早将鲁迅的白话文小说《狂人日记》翻译成韩语（朝鲜语）的人。鲁迅的本名为周树人，而柳基石又将自己的笔名命名为柳树人。这可能源于对鲁迅先生的尊敬之情。崔基荣．1920~1930 年代柳基石的在华独立运动与无政府主义 [J]．韩国近现代史研究，2010（55）.

考察文学“相似关系”的研究方法更具有可行性。实际上，从中韩两国学界一系列有关巴金和廉尚燮文学的比较研究成果来看也可以印证这一点，但也存在着相应的问题。

从中韩两国学界以两位作家的文学为比较对象的研究成果来看，焦点大都集中在《三代》和《家》这两部作品上，更具体地说，以“家族”或“家族史”为前提进行的形象学（imagology）[1] 研究占了大多数。大体上，学者们将思维的出发点放在了以儒教为基础的封建家长制是如何在西方价值观的冲击下解体这一点上，因此，就将廉尚燮的《三代》和巴金的《家》作为研究对象。当然，当时中韩两国都处于动荡期，因此对两部描绘封建家长制衰落的作品进行比较研究，不仅可以为考察两国，还可以为考察东亚近代化进程提供可借鉴的文学价值。但随着研究焦点的单一化，其内容难免会“重复再生产”。这也可以说明中韩比较文学的现阶段仍停留在“原地踏步”的水准。[2]

本研究正是从这样的问题意识出发，在现有研究成果的基础上，关注过程而不是结果。换言之，此前的研究过于注重两位作家小说中突出的“家族”这一表征，从而暴露了偏于题材这一角度来比较作品的局限性。因此，本研究关注的不是“家族”这一点，而是小说变化到“家族叙事”的整个过程。

由于两位作家分别经历过半殖民地和殖民地的激变期，所以他们的文学在很多方面都有着“相似之处”。首先，两位作家的创作始于鲁迅和李光洙等中韩两国的启蒙文学一代逐渐失去影响力的时期。实际上，经过五四运动和三一运动的洗礼后，两位作家希望文学不再以自由恋爱或新式教育等启蒙的方式，而是以更为现实的角度来看待两国的“近代化”。而这种认识在他们的文学作品中也得到了体现。可以说两位作家对“个人 / 社会”这一格局进行了深层次的挖掘。两位作家的小说不再单纯地表现主人公的胜利或失败，而是着重表现其性格和环境之间的矛盾与冲突，从而突出现实主义。这一点可以于两位作家的早期作品当中窥见。

以廉尚燮为例，在他早期的文学世界里，不难发现觉醒的个人和殖民地现实之间的尖锐矛盾。从金昌亿《标本室的青蛙》（《开辟》，1921.8~10），“我”《暗

[1] 现有的研究成果主要关注的是以人物形象为中心的世代矛盾。具体来说，是由组建“家”的第一代、无所事事的第二代，以及用新思想武装自己、反抗前两代的第三代形成的，由封建思想与西方近代思想对立引发的诸多问题，如个性解放、自由恋爱、男女平等问题。这些研究都将世代矛盾作为研究的“基本框架”。

[2] 以博士论文为例，就可以说明问题。崔桂花 .1930 年代中韩家族史小说比较研究 [D]. 光州：全南大学，2003. 胡薇. 廉尚燮和巴金家族史小说比较研究 [D]. 首尔：首尔大学，2009. 崔英姬. 中韩家族小说比较研究——以巴金《家》与廉想涉的《三代》为中心 [D]. 长春：吉林大学，2011. 这些论文的关注点都在祖、父、孙三代人的矛盾之上，进而最终得出封建家长制衰落这一结论。

夜》(《开辟》, 1922.1), 贞仁《除夜》(《开辟》, 1922.2~6), 再到李寅华《万岁前》(《时代日报》, 1924.4.6~6.7), 个人与社会的矛盾越发激烈。巴金前期的作品也不例外。无论是处女作中篇小说《灭亡》(《小说月报》, 1929.1~4), 还是后续作品《新生》[1] (1933.9),主人公杜大心、李冷都对半殖民地社会有着极其敏锐的嗅觉。

经历了早期的文学创作期, 两位作家都开始关注长篇小说。由此廉尚燮创作了《爱与罪》(《东亚日报》, 1927.8.15~1928.5.4), 巴金创作了"爱情三部曲"。两位作家在作品中认真思考了这样一个问题：在价值体系被完全破坏的半殖民地和殖民地, 青年男女该如何用真挚的爱情克服扭曲的欲望, 共同面对民族解放和社会革命。这与当时盛行的以"恋爱 + 革命"为经典叙事模式的左翼文学形成了极为鲜明的对比。

但由于国民大革命的失败和日本殖民政策的巩固, 中韩两国的社会政治环境发生了变化, 这也对两位作家的创作产生了一定的影响。20 世纪 30 年代, 巴金早期小说中表现出的强烈的现实参与意识开始减弱[2], 这源于对中国革命形势的悲观态度。但这种现实认识反过来将他的小说成熟度提升到一个更高的层次。长篇小说《家》(1933.5) 的诞生证明了这一点。相反, 朝鲜由于民族主义势力的分化及新干会解散[3] 等原因, 直接批判或控诉殖民地近代化矛盾和问题的渠道被切断, 这给作家们提出了从新的视角审视当代社会的现实的要求。但这样的要求反而让廉尚燮将早期小说创作集于大成, 创作了《三代》(《朝鲜日报》,

[1] 这部中篇小说一手原稿于 1931 年 8 月完成, 但不幸在战火中被烧成了灰烬。因此, 实际上我们读到的是巴金重写的原稿, 由开明书店于 1933 年 9 月出版。

[2] 下面这段表述较好地表达了巴金的心情。"真的, 在今天谁还可以拿起笔, 大言不惭地对所有的人说'我面前就是那条唯一的到光明去的路, 你们都跟我来'呢？我自然没有这样做过。我没有这胆量。我的良心不许我这样做。说一句话并不是困难的事情。但重要的却在知道这样的话会生出什么样的影响。在我的全部作品里有一个共同的东西, 那就是我的路。事实上我的确把路放在读者的眼前。我对一些青年朋友说, 我不能给他他们指出一条明确的路, 这只是半句话, 下半句的意义更是重要。主要点乃在我不愿叫他们'马上交出生命', 也不想自己去贡献巨大的牺牲。"由此可以看出,"革命三部曲"和"爱情三部曲"中反复出现的, 为全人类牺牲个人的作家意识开始出现了裂痕。实际上从国民大革命失败后的 20 年代末期开始, 中国的无政府主义运动进入了低潮期。巴金 . 我的路 [M]// 巴金全集：第十三卷. 北京：人民文学出版社, 1990：31；师泽伟 . 近代中国无政府主义思潮流变研究 (1924—1941)[D]. 长春：东北师范大学, 2011：26-28.

[3] 三一运动后, 民族主义势力开始动摇。1922 年华盛顿会议前后其分化加速。民族主义右派选择了避开与日本帝国主义的正面对决的路线。他们主张顺应文化政策, 选择教育运动、物产奖励运动, 逐步培养自身的实力。相反, 民族主义左派继续选择了与日本帝国主义的正面对决路线。民族主义左派势力和社会主义势力相结合诞生的组织就是新干会 (1927.2)。但这个组织也于 1931 年 5 月在日本帝国主义当局的镇压下解散。宋二朗. 日本帝国主义对韩国殖民地统治方式研究 [D]. 昌原：庆南大学, 1987：91-93；李贤珠. 新干会运动研究的成果和课题 [J]. 韩国近现代史研究, 1995 (2)：280.

1931.1.1~9.17）这部艺术成就较高的长篇小说。从两位作家的创作过程来看，《三代》和《家》确实处于创作的顶点，两国的文学史评价以及比较研究的成果也恰好说明了这一点。

但正如前文所说，重要的是达到这一顶点的过程。如果说时代矛盾所引发的创作意识不断提高了作品的水准，那么研究就应该从整体上审视作家在创作过程中所面临的痛苦与抉择。而这一过程也恰好蕴含着作家意识变化的轨迹。

西方文明使东亚的传统社会受到巨大冲击的同时，以儒教为根基的传统价值体系开始动摇。对此，中韩两国的许多知识分子都选择通过留学这条路来接触西方文明，并以此来探索救国之道。在此过程中，他们离开了无论从肉体，还是精神上都曾是摇篮的“家（家族）”，开拓了未知的世界。巴金和廉尚燮也是其中一员。巴金曾留学法国[1]，廉尚燮曾留学日本[2]。但未知的世界犹如硬币的两面，美丑并存。因此，对于西方近代价值体系，作家们经历了接受、彷徨、混乱，并在此过程中不断地自省与反思。这也是他们的精神史超越单纯的摄取，呈现出曲折之势的原因。

廉尚燮第一次留学日本的时期正值日本帝国主义吞并朝鲜之后，与之前的留学相比，存在质的差异[3]。日本这个在掌握近代文明的过程当中曾起到重要作用的国家已不再是“老师”，而是变成了“敌国”。廉尚燮曾在大阪借三一运动之势发表过独立宣言。不仅如此，他还关注过工人运动[4]，与社会主义者还曾有过联系[5]。他还曾经历过以个人主义、民本主义、社会主义、无政府主义等思潮形成百家争鸣的大正德莫克拉西时代。廉尚燮因大阪独立宣言而遭受牢狱之灾，在横滨福音印刷所辗转于工人生活，之后在好友陈学文的介绍下暂停了第一次日本留学生活，回国担任《东亚日报》政治经济部记者。由于记者职业的特性，要求尽可能客观地看待现实，这使他培养了较为全面看待世界的眼光，而这也在无形之

---

❶ 巴金于 1927 年 1 月至 1928 年 10 月曾在法国留学。

❷ 廉尚燮曾先后去过两次日本。第一次留日期间为 1912 年至 1920 年，目的是留学；第二次留日期间为 1926 年至 1928 年，目的是步入日本文坛。

❸ 波田野节子对朝鲜人在保护条约期（1905—1910）及以后的日本留学做了如下解释：“这一时期来到日本的留学生在与上一代相比，在两方面存在着明显的差异。一是他们反对并仇视日本；二是他们把自己看成了文学活动的中心。”“此后，1910 年代的留学日本的朝鲜人把日本明确为‘敌国’，并向初到日本的留学生鼓吹民族意识，在大正德谟克拉西的热潮当中走上了二·八独立宣言的道路。”廉尚燮属于 1910 年代留学生的范畴。波田野节子 . 日本留学生作家研究 [M]. 崔珠瀚，译 . 首尔：晓明出版社，2011：41-56.

❹ 实际上，廉尚燮在早期作为文学评论家活动时曾发表过多篇关于工人运动的评论。《工人运动的倾向及意义》（《东亚日报》，1920.4.20~26）；《鉴于新宿县事件及转出工人的对策》（《东明》1922.9.3.~9.10）

❺ 权哲浩关注了廉尚燮对具有社会主义性质的杂志《新生活》停刊的所谓文祸事件的反应。他还指出，廉尚燮和杂志新生活的笔友们，例如主编金明植以及罗景锡的交友关系。权哲浩 .《万岁前》与早期廉尚燮的无政府主义政治美学 [J]. 民族文学史研究，2013（52）：179-180.

中对其日后的文学创作产生了深远的影响。

对于巴金而言，20 世纪 20 年代的法国留学就像是寻找光明和希望的旅程[1]。巴金很早就在国内受到五四运动的影响，一直关注社会运动。实际上，他曾在进步青年组织“均社”的机关报上发表过评论。之后在异乡留学的过程中，不仅与著名无政府主义者艾玛·戈德曼（Emma Goldman，1869—1940）进行了书信往来，还与朝鲜无政府主义者柳子明[2]、柳絮建立了友谊。为了更系统地学习无政府主义思想，巴金选择去法国留学，他还参与了拯救萨珂和凡宰特[3]的国际声援运动，对在中国进行的国民大革命也始终没有转移关注的目光。但随着 1927 年国民大革命失败，无政府主义运动在中国进入低潮期，他的现实参与意识明显减弱。但这也促使巴金进入了文学这个新的领域。这种人生轨迹与作家的文学思想一道，完整地反映在了文学作品中。

廉尚燮在文学创作初期提出了以自我觉醒和个性解放，以及挑战权威的所谓个性论[4]，而在后期则提出了以现实为基础的生活论[5]。相应地，小说中的主人公经历了金昌亿（《标本室的青蛙》）、贞仁（《除夜》）、“我”（《暗夜》）、英姬（《向日葵》，1923.7.18~8.16）到李寅华（《万岁前》）的变化。之后，经过《爱与罪》、《你们得到了什么》（《东亚日报》，1923.8.27~1924.2.5）、《南忠绪》（《东光》，1927.1~2）、《二心》（《每日新报》，1928.10.22~1929.4.24）、《三代》，终于发展到了赵德基这类人物。这些主人公在个性强度上呈现下降趋势，逐渐表现出现实的一面。巴金在文学创作的初期提出了文学就要“爱憎必须倾吐”的浪漫主

---

[1] 对于出于对无政府主义这一政治思想的关注而开始探索新世界的巴金来说，法国有着与众不同的魅力。实际上，对于以民主（democracy）和科学（science）为口号的中国五四新文化运动而言，作为启蒙运动发源地的法国起到了发信者的作用。巴金也曾多次强调自己是“五四新文化运动的产儿”。与以现代主义视角看待 20 世纪 20 年代法国的欧洲知识分子不同，当时，对于大多数中国知识分子来说，法国的政治文化思想所具有的魅力依然存在。特别是对于理想主义者巴金来说，法国是“充满激情的理想主义圣地”，是“激进政治思想的大本营”，是“人道主义精神的源泉”。陶丽萍．1917-1929 留学欧美作家笔下的西方形象 [D]．武汉：武汉大学，2013：117-133.

[2] 柳子明（1891—1985）是韩国的独立运动家，也是一位认同克鲁泡特金思想的无政府主义者。禹尚烈．巴金与朝鲜人 [J]．延边大学学报（哲学社会科学版），1993（4）：68.

[3] 萨珂（Nicola Sacco，1891—1927）和凡宰特（Bartolomeo Vanzetti，1888—1927）是意大利裔美国人，也是无政府主义信仰者。这两名工人在马萨诸塞州的一家鞋厂工作，因卷入 1920 年工厂发生的一起谋杀案而含冤入狱，尽管遭到包括美国在内的世界各地的反对和声援，但最终被政府处以死刑。原因只是因为他们信奉了无政府主义思想。

[4] 廉尚燮．个性与艺术 [M]// 韩基亨，李惠铃．廉尚燮文章全集：Ⅰ．首尔：晓明出版社，2013.

[5] 廉尚燮．个性与艺术 [M]// 韩基亨，李惠铃．廉尚燮文章全集：Ⅰ．首尔：晓明出版社，2013.

张[1]，但到了后期则强调生活是文学第一要素的现实主张[2]。相应地，他小说主人公的变化轨迹与廉尚燮相似。从杜大心（《灭亡》）、李冷（《新生》），再到青年男女（“爱情三部曲”），曾经与社会展开对决，拒绝妥协，展现出浪漫主义精神面貌的主人公们到了“激流三部曲”开始向现实妥协。[3]

如此一来，两位作家的小说创作随着时间的推移都呈现离家族叙事的倾向。在东亚社会，近代之前的传统“家”在相当长的一段时间内被中韩两国知识分子视为抹杀人格、个人自由和幸福的“魔窟”。作为两国近代知识分子的代表，李光洙和鲁迅便是很好的例子。

他们果断地放弃了家长制婚姻赋予各自家长、丈夫的义务，选择了与新女性恋爱、结婚。但作为精神土壤，“家”的存在绝不容易被抹去，而是在作家意识的一角潜移默化地发挥着其影响力。

以李光洙为例，1922 年，“娜拉主义”在朝鲜掀起旋风时，虽是启蒙主义的拥护者和倡导者，但他出乎意料地在梁建植翻译并出版的单行本《娜拉》上发表了一篇呼吁新女性们“归家”而不是“离家”的文章《娜拉呀》。在他看来，朝鲜社会需要的不是新女性，而是服侍丈夫、照顾子女、勤俭持家的传统意义上的贤妻良母。无独有偶，鲁迅虽然也与新女性许广平再婚，但出于对母亲的“孝”，依然没能完全地抛弃朱安，只能“同住一家”。可见，当时两国的知识分子并不能完全摆脱传统家庭的伦理道德。

从廉尚燮和巴金小说的演变过程也可以发现这种现象。最初离开“家”步入社会的主人公们会经历彷徨和未知的不安导致价值体系的混乱，原因之一就是对原有价值体系“家”的一味否定。通过否定原有事物来探索新事物的过程看似很顺利，但也存在一定的风险。原有的价值体系是否错误，新的价值体系是否正确，这种疑问会不断地浮现。更何况，这种价值判断只能通过相互对比来确认。因此，原有的价值体系被近代文明单方面地否定，就只能面临比较对象消失而思维混乱的结果。

当然，两位作家年轻时的“傲气”也是其中原因。但随着岁月的流逝，年龄的增加，反省的声音开始在作家的内心不断成长，延续到了文学创作。反省和苦恼意味着作家的思维方式不再单纯，而是越发成熟。廉尚燮的《三代》和巴金的

[1] 巴金．谈自己的创作 小序 [M]// 巴金全集：第 20 卷．北京：人民文学出版社，1993：377.

[2] 巴金．文学生活五十年 [M]// 巴金全集：第 20 卷．北京：人民文学出版社，1993：563.

[3] 虽然激流三部曲也是围绕反对家长制离家出走的主人公而展开的，但现有的研究成果过度集中在了“反抗”封建家长制这一点上，反而疏忽了介于“顺应”和“反抗”之间的叙事。事实上，《家》的另一个主人公觉新在很多方面与《三代》的赵德基有着相似之处。他没有一味地接受老一代的生活方式，而且对新一代的叛逆也持一定的开放态度。所以，觉新与德基的比较将是一项非常有意义的工作。陈思和．巴金研究的几个问题 [J]．社会科学，2006（8）：171.

《家》就是这种成熟作家意识下的产物。“离家”的问题主人公再次选择了“归家”，这就是最好的证明。对于两位作家来说，“家”已不再是单纯批评或否定的对象。❶

基于这种研究视角，本书认为廉尚燮和巴金文学的比较研究应围绕“家”这一点，探索小说叙事变化的整个过程。因此，以两位作家的小说创作过程为研究对象，探索小说主题是如何演变到“家”的是一项非常有意义的研究工作。

第二节 研究史回顾

廉尚燮在韩国近代文学史上是有着非常重要的地位，因此，韩国学界对于他的研究不仅在数量上还是在质量上已经达到了相当可观的水平。从 1960 年到 2000 年，廉尚燮文学的研究在多维度、多视角下进行。❷ 出于本书研究视角基于比较文学的考虑，在文献回顾过程中，会将重点放在中国学界有关廉尚燮文学的

❶ 廉尚燮初期评文中出现的传统的家形象极为负面。1918 年，他以笔名霁月在杂志《女子界》上发表的名为《妇人的觉醒比男人更为紧迫的所以然》的文章就是很好的例子。在这篇文章中，廉尚燮批评朝鲜的传统家庭是父母绝对权利下没有和平与安乐的地方。但到了 1927 年发表在《朝鲜日报》上的《民族，社会运动的唯心考查与反动、传统、文学的关系》一文，则大相径庭。他在文章中说，家庭不再是拥护旧道德的陈旧观念，也不再是批判对象，而是作为人类生活最原始的母体、超越时空的实在。相反，巴金自始至终对传统家庭进行了批判。1931 年，由第一出版社出版的《巴金自传》当中有一篇名为《家庭的环境》的文章。在此文中，巴金把家庭比作“专制的大王国”。尽管如此，在这段时期的包括《家》在内的“激流三部曲”中，仍然可以感受叙述者对于关爱家人，并尽到家长责任的大哥觉新的一种关爱的视线。对此，李辉指出，巴金的内心并不是完全对家庭怀有敌意，因此无论是思想上还是心理上都无法摆脱家庭这个伦理组织的束缚。他还指出，巴金对家庭这一形式的猛烈批判，其出发点也是基于一种本能的关怀。由此可见，这一时期两位作家对于传统“家”的认识无论是有意识还是无意识，都相当成熟。廉尚燮．妇人的觉醒比男人更为紧迫的所以然 [M]//（《女子界》，1918.3）韩基亨，李惠铃．廉尚燮文章全集：第 1 卷．首尔：晓明出版社，2013：17；廉尚燮．民族，社会运动的唯心考查与反动、传统、文学的关系 [M]//（《朝鲜日报》，1927.1.4），同上，518-519；巴金．家庭的环境 [M]// 巴金全集：第 12 卷．北京：人民文学出版社，1989：398；李辉．巴金传 [M]．北京：人民日报出版社，2011：230.

❷ 廉尚燮开始作品活动的 20 世纪 20 年代，人们对他的研究大部分停留在印象批评上。而且，在他去世后的一段时间的研究中，也可以说仍然有人认为他是自然主义作家。从对廉尚燮的正式研究开始的 60 年代开始，人们开始倾向于将他视为现实主义作家，而不是自然主义作家。但这并不是说从自然主义的角度看待研究的倾向消失了。经过以这两种研究倾向为中心的一系列研究成果，到 70 年代，大体上将廉相燮视为现实主义作家的研究倾向得到学界的认可。到了 80 年代，开始出现以重视内在发展论的民族主义视角研究廉相燮的倾向。这种倾向持续到 90 年代，廉相燮的研究开始被后殖民主义、现代性等观点多视角地审视。90 年代末 21 世纪初，学界开始倾向于以比较文学的角度对廉相燮的作品（三代）和日本、中国作家的作品进行研究。尹洪鲁．廉相燮的研究史批判 [M]// 柳宗浩．廉尚燮．首尔：西江大学出版社，1998；杨文圭．向近代性、现实主义、民族文学的历程——廉尚燮文学的再认识 [M]．修订版．首尔：晓明出版社，2016.

比较研究成果上，以此来考察作家是在什么样的研究背景下被学界所接受。

廉尚燮最初被介绍到中国的时间是 1929 年。他原名为《文学上的集体意识和个人意识》的文章被柳絮以《文学上的集体意识》为题翻译、刊载在《群众月刊》第一卷第六期上。此后，受抗日战争、朝鲜战争等的影响，中韩两国之间一直处于断交状态。所以中国学界实际上不具备对廉尚燮进行介绍、研究的条件。这种情况以 1992 年中韩两国建交为契机开始逐渐改善。廉尚燮的《三代》由卫为、枚芝翻译，于 1997 年 5 月 6 日在上海译文出版社出版。自此，廉尚燮的文学作品再次被介绍到了中国。同年 9 月 10 日，武振平在杂志《书城》上以书评的形式刊登了名为《韩国廉想涉的长篇小说〈三代〉》的文章。武振平在评论的开头说，《三代》是中国看待韩国近代文学的一个很好的“窗口”。他以《三代》为主，巴金的《家》为辅，进行了比较。他指出，虽然两位作家完全没有任何影响关系，但在同一时期创作了相似的作品，是因为受到了时代及传统儒家思想的影响。这篇书评暗示了廉尚燮文学比较研究的可能性。这一点颇有重要意义。[1]

2000 年至今，综合中国学界的廉尚燮研究，结果如下：学位论文 15 篇（博士 2 篇，硕士 13 篇），期刊论文 7 篇。从学位论文来看，研究内容集中在叙事方式、小说空间及人物形象、现实应对方式、文化；从期刊论文来看，研究内容集中在后现代主义、个性论及近代性上。

张开荣的硕士学位论文[2]标志着中国学界开始关注廉尚燮文学研究，其学术意义重大。她在论文中将中国的儒教文化对韩国社会的影响分为“政治道德观念”“社会道德观念”“家庭道德观念”，并以廉尚燮的《三代》进行了说明。她论文的核心点在于儒教文化是如何维持自己固有的价值体系。虽然通过《三代》这部作品很好地说明了这一点，但由于局限于“儒教”，并没有抓住“钱”这一影响封建家长制的近代化要素，稍显遗憾。

真正意义上开启廉尚燮文学比较研究先河的当属郝君峰的硕士学位论文[3]。郝君峰从家族小说这一视角，对巴金的《家》和廉尚燮《三代》中的人物形象、作品结构、话语特点进行了比较研究。在此基础上，他指出，两位作家通过各自的作品揭示了封建家长制在以自由和平等为基础的西方民主思想冲击下走向没落的必然趋势。

都莲顺[4]以巴金的《家》和廉尚燮的《三代》为对象，比较研究了祖、父、孙三代的人物关系及女性人物形象。他把第一代人定性为传统的，把第二代人定

[1] 武振平．韩国廉想涉的长篇小说《三代》[J]．书城，1997（5）：28-29.

[2] 张开荣．从廉想涉的《三代》看中国儒家思想对韩国文化的影响 [D]．重庆：西南大学，2001.

[3] 郝君峰．30 年代中韩家族小说的叙事比较 [D]．北京：对外经济贸易大学，2006.

[4] 都莲顺．传统的抉择——《三代》与《家》的一个文化比较 [D]．西安：西北大学，2007.

性为过渡的，把第三代人定性为未来的，并探明了他们在对待传统态度上的异同点。

金义信[1]在比较研究《家》和《三代》中的祖、父、孙三代人物形象的基础上，揭示了两部作品中的反帝、反封建的时代意识，以及封建家长制度的落后性和近代民主主义思想的进步性，并分析了同一时期两部相似作品得以创作的原因。

崔英姬[2]的博士学位论文以家族小说的视角，将包括《家》在内的巴金的激流三部曲，廉尚燮的《三代》《无花果》作为中韩两国近代家族史小说的典型，分为主题、人物形象、叙事方式、美学特质等主题进行了比较研究。她指出，廉尚燮的家族题材小说具有侦探小说的某些特性，而巴金的家族小说具有诗性。她还指出，两位作家的作品都力图通过家族这一载体来表现当时动荡的时代，进一步指出了民族乃至国家未来的方向，做到了"以小见大"。最后，她指出了两部作品的叙事基调：一个激烈，一个平淡。

吴阳[3]也是基于家族小说这一研究视角，在考察巴金和廉尚燮的传记及《家》和《三代》创作背景的基础之上，以琴和洪敬爱这两位女性人物为中心，对两部作品中出现的婚姻和教育问题进行比较研究，阐明了其异同点。她指出，巴金想要通过女性形象彻底否定封建家长制，而廉尚燮则主张部分改革，但总体上依然要继承封建家长制。虽然研究结论尚可接受，但此文疏于对男性人物的考察。

张倩倩的硕士学位论文[4]与以往的研究不同，以巴金的后期小说和廉尚燮的早期三部曲为对象，对其中的知识分子形象进行了比较研究。虽有一定的创新性，但逻辑性较差。考虑到巴金和廉尚燮小说的主人公大部分都是知识分子，她的研究开拓了两位作家文学比较研究的空间。

崔美兰和周子叉[5]以德基和觉新这两位人物为切入点，比较研究了巴金的《家》和廉尚燮《三代》中的第三代人物所处的空间特征。她指出，前者"妥协与和谐并存"，而后者"没有抵抗，唯有懦弱"。虽然对德基所处空间的解释大体可以采纳，但对于觉新所处空间而言，其解释还需仔细推敲。在《家》这部作品中，虽说觉新在表面上表现出了懦弱，但其内心早已埋下了反抗的"火种"。这

---

[1] 金义信．中韩两国现代家族小说的丰碑——巴金《家》与廉想涉《三代》之比较 [J]．盐城师范学院学报，2010，30（1）．

[2] 崔英姬．中韩家族小说比较研究——以巴金《家》与廉想涉《三代》为中心 [D]．长春：吉林大学，2011.

[3] 吴阳．中韩现代家族小说比较研究——以巴金的《家》和廉想涉的《三代》为中心 [D]．哈尔滨：黑龙江大学，2012.

[4] 张倩倩．巴金和廉想涉小说中知识分子形象比较研究 [D]．青岛：中国海洋大学，2014.

[5] 崔美兰，周子叉．廉想涉《三代》与巴金《家》第三代空间结构之比较 [J]．东疆学刊，2015，32（3）．

种反抗体现在了《春》中积极协助表妹离家出走的行为上。

以上从中国学界有关廉尚燮的比较研究中可以看出，大部分成果都集中在人物形象上。而这些人物形象（主要是男性人物）研究都是以巴金的《家》为参照。这些研究试图通过对比来表现封建家长制的落后性和近代民主思想的进步性，说明后者取代前者的必然性，最终指向封建家长制衰退这一主题。

巴金在中国近现代文学史上占据重要地位，中国学界的研究成果亦相当可观❶。因此，本书采用同样的方法，着重考查韩国学界对巴金文学的比较研究。

最先向韩国介绍巴金的人是丁来东。他在中国留学期间参加了无政府主义小组活动，甚至翻译了巴枯宁和克鲁泡特金的论著。巴金也数次提到自己是彻底的无政府主义者，所以丁来东介绍他很有可能是因为无政府主义思想的影响。丁来东 1931 年 11 月在《朝鲜日报》上发表的题为《活跃的中国文坛最近相》的文章。他在文章中评价巴金是一位“无政府主义文士”。两年后，他又在《朝鲜日报》和《东亚日报》上接连发表了两篇介绍巴金的文章：《巴金的创作态度》《中国文坛现状》。

1936 年，李达在《新人文学》3 月刊上发表了一篇名为《中国作家巴金创作态度考查》的文章。

1945 年，丁来东在《艺术周报》12 月刊上发表名为《中国文坛的鲁迅和巴金》的文章。

1949 年，尹永川在《协同》上发表名为《现代中国作家论》的文章。其间，李善翻译了巴金的短篇集《复仇》，收录到 1946 年 6 月由宣文社出版的《中国现代短篇小说选集》中。

截止到 20 世纪 70 年代末，韩国文坛再无有关巴金的文章。巴金重新开始创作的消息得益于 1978 年 10 月许世旭发表的一篇名为《巴金的复活》的文章。

真正意义上的巴金文学研究成果始于 1984 年朴兰英发表的硕士学位论文❷。朴兰英围绕对封建礼教、伦理道德的批判以及青年在新思想下的觉醒过程这两个主题，以专横的高老太爷、无辜牺牲的女性、反抗的青年为中心，分析了《家》。它标志着韩国学界的巴金研究走上了正轨，其学术意义重大。

逐渐活跃起来的巴金研究到 20 世纪 90 年代有了更大的发展，博士学位论文的出现就是很好的证明。这一时期韩国学界共发表了包括 1 篇博士学位论文、6 篇硕士学位论文、16 篇期刊论文在内的 23 篇学术论文。

❶ 巴金开始作品活动的 20 世纪 30 年代，对他的研究主要是集中在小说人物形象、场景描写、心理描写、语言特征等方面。中华人民共和国成立以后直至改革开放以前，关于他的研究受意识形态影响，主要集中在无政府主义思想上。80 年代至今，巴金研究以社会历史学、叙事学、接受美学、原创批评、比较文学等多种方法进行。田悦芳．巴金小说形式研究 [M]．上海：复旦大学出版社，2016：4-18

❷ 朴兰英．巴金《家》的主题思想研究 [D]．首尔：高丽大学，1984.

朴兰英的博士学位论文[1]是对自己一直以来从事的巴金文学研究的阶段性总结，因此具有重要的学术意义。从题目中也可以看出，她关注的是巴金的无政府主义思想和文学作品之间的关系。她关注了巴金无政府主义思想的形成、演变，以及其小说化过程，并分析了人物形象及主题的变化。她和金正泰的论文[2]收录在了中国学界的巴金研究著作中。这可以看作是中国学界对其学术研究成果的肯定。

从这一时期的研究成果来看，以巴金的长篇小说为中心，对作家的文学思想、政治思想、作品中的人物形象、空间进行了研究。除此之外，还有针对前期散文，以及作家战争意识的研究。

到了2000年，巴金文学研究在更为广阔的研究视域下进行。从体裁上看，不仅有小说研究，还有散文研究，甚至还有对《随想录》的研究。从内容上看，在以往的研究主题的基础上，还有基督教思想、韩国叙事、女权主义研究。以学者朴兰英为例，在这一时期持续发表了巴金文学研究论文。随着比较研究这一新方法应用于巴金文学研究，涌现出一系列研究成果。这一时期，韩国学界发表了包括学位论文（硕士论文13篇，博士论文2篇）、期刊论文（4篇）在内的19篇学术论文。

姜鲸求[3]是韩国学界首次尝试用比较文学的方法研究巴金文学的学者。他以“钱”“权利”“性”这三个影响传统大家庭形成及破裂的因素为中心，对巴金的《家》和《三代》中的人物进行了比较研究。他强调，在中韩两国，虽然传统家族在形式上已经不复存在，但传统家族意识至今仍发挥着影响力。在接下来的研究[4]中，他以巴金的《家》、廉尚燮的《三代》、蔡万植的《太平天下》、老舍的《四世同堂》为比较研究对象，考察了在传统价值观解体、新的近代价值观形成的过程中，中韩家族史小说中出现的祖、父、孙三代的家族意识和应对方式：以祖父为代表的第一代是继承祖先的遗产，或通过自身的努力“光宗耀祖”，以大家族的繁荣和扩大再生产为目标的人物。因此，在近代价值观的冲击之下，他们能做的只是为了保存“家”而进行的一系列挣扎。所以，在传统大家族所信奉的爱、信等伦理道德已然全无时，他们变成了以强制“尽孝”的方式统治下一代的

[1] 朴兰英．巴金三部曲研究：以作家的无政府主义思想和作品的关系为中心[D]．首尔：高丽大学，1991.

[2] 金正泰的论文《论巴金的社会思想》和朴南英的论文《巴金的三部曲与中国的无政府主义思想研究》均收录在由谭洛非主编，1992年四川大学出版社出版的名为《巴金与中国文化》一书中。这本书由国际学术论坛关于巴金的研究论文汇编而成。

[3] 姜鲸求．家庭、金钱、权力和性的三重奏：巴金的《家》和廉相燮的《三代》比较研究[J]．中国学报，1999（40）.

[4] 姜鲸求．中韩现代家族史小说的比较研究——以廉相燮和巴金，以及蔡万植和老舍的小说为中心[J]．中国现代文学，2001（20）.

专制者。以父亲为代表的第二代虽然否定了传统价值观，但新的价值体系也没有在其内心树立起牢固的地位。他们过着被动、肉欲的生活，起到毁灭大家族的作用。与第一、第二代人相反，以孙子为代表的第三代接受了近代的价值体系，面对传统大家族的解体，他们志在建立以非血缘关系为基础的新的社会共同体、家族形式。姜鲸求的研究给本书研究提供了不少启示。虽然传统家族的形式不复存在，但传统的家庭意识（合理成分）并未消失，而是仍然发挥其生命力，表现出想要与新的家庭形态相结合的面貌。重要的是，这种情况具有复合的一面。

韩国学界真正意义上的巴金文学比较研究始于金成玉[1]的硕士学位论文。她的研究聚焦于考察巴金的《家》和廉尚燮《三代》中的祖、父、三代人上。她把第一代视为落后的，把第二代视为不可信任，把第三代视为进步的。这篇论文虽有开先河的意义，但局限于仅仅考察了男性人物形象。

在随后的研究[2]中，她借用了林·亨特在《法国革命家族罗曼史》中的研究方法，将《家》和《三代》中的家长视为"王"或"君主"，将家庭视为"王国"。在此基础上，她揭示了两部作品中所体现的封建大家庭的结构特征，进而考察了新一代的现实应对方式，以及由此带来的性格上的异同点，并从包括两国社会、文化、时代背景及典型化手法在内的现实主义文学精神中寻找原因。

崔桂花的博士学位论文[3]以家族史小说的研究视角，对包括《家》在内的巴金的"激流三部曲"、廉尚燮的《三代》、蔡万植的《太平天下》进行了比较研究。她具体从家族史小说的概念开始，从家族史小说的叙事体现形式、家族史小说与近代性、家族史小说的比较文学史意义等方面考察了作品，指出中韩两国文学所具有的异同点，阐明了社会文化的整体面貌。但是，相较于《三代》的长子型人物赵相，《家》的长子型人物觉新是否欠缺近代民主思维方式值得商榷。

胡薇[4]立足于家族史小说的研究视角，以封建家长制秩序的应对方式、社会现实的认识及出路为主题，对巴金的激流三部曲和廉尚燮的《三代》《无花果》中的男女人物形象进行了比较研究。她将第一代视为创造性的一代，第二代视为过渡性的一代，第三代视为中立、抵抗的一代，以女性人物为例，分为妾、传统贤妻良母、新女性进行考察。最后得出结论：廉尚燮和巴金分别持有"中立""激进"的价值观。

金成[5]将巴金的《家》和廉尚燮的《三代》中出现的人物分为接受近代化的第一代、在传统和近代之间彷徨的第二代、向往近代的第三代进行比较研究，考

❶ 金成玉．廉相燮的《三代》和巴金的《家》的比较研究 [D]．首尔：高丽大学，2000.

❷ 金成玉．作为社会缩影的封建大家庭和新一代生活的应对方式：廉尚燮的《三代》和巴金的《家》的比较研究 [J]．中韩人文学研究，2003（10）.

❸ 崔桂花．1930 年代中韩家族史小说比较研究 [D]．光州：全南大学，2003.

❹ 胡薇．廉尚燮和巴金家族小说比较研究 [D]．首尔：首尔大学，2009.

❺ 金成．廉尚燮的《三代》与巴金的《家》比较研究 [D]．首尔：檀国大学，2013.

察了异同点。但就《三代》而言，作为作家分身的主人公赵德基是否只是一味地向往近代有待商榷。

罗相佑[1]以巴金的《家》和廉尚燮的《三代》中的知识分子形象为焦点进行了比较研究。他首先考察了两位作家的生平及作品的创作背景，以高家兄弟及赵德基、金炳华等知识分子为中心，关注了新老一代及新一代内部的矛盾。他将主张无产阶级斗争的人物觉慧看成作家巴金的化身，将希望联合民族主义和社会主义的德基看成是作家廉尚燮的化身。但问题在于把作家巴金的化身局限在觉慧一个人物上是否妥当。虽然现实生活中的巴金有意识地强调与传统的隔绝，但不可否认，“激流三部曲”中仍存在与传统无意识地保持着联系的人物——觉新。

权美[2]以巴金的《家》、廉尚燮的《三代》、岛崎藤村的《家》的比较研究成果为基础，从研究史层面出发进行了整理和研究，并指出了研究中忽略的问题：《三代》和《家》的比较研究成果大多围绕在第一代和第二代之间的遗产争夺问题上，忽略了《家》中第一代和第三代之间围绕爱情及婚姻所产生的矛盾；与《家》不同，《三代》的赵家两班身份是通过金钱买来的；与两部作品中表现出的、以“家”为中心的血缘共同体一样，也存在以信仰为中心的非血缘共同体。

就韩国学界的巴金文学比较研究成果而言，大多以廉尚燮的《三代》为比较对象，以人物形象研究（主要是男性人物）为主。这与中国学界的廉尚燮文学比较研究成果在内容上基本保持一致。不同点在于相较中国学界，韩国学界多了巴金的《家》和廉尚燮的《三代》比较研究史的检讨。

综上所述，以比较研究的视角考察中国学界的廉尚燮文学研究和韩国学界的关于巴金文学研究，结果显示，以两位作家为中心的比较研究以家族或家族史小说的视角进行，人物形象的比较研究占比较大。而且，这些人物形象比较研究大体上指向同一主题：封建大家族的解体或没落。

但就《三代》而言，将其视为家族史小说难免有些牵强。韩国学者柳宗浩曾明确指出过这一点。

> 《三代》仅凭标题就很容易让人突然联想到家族史小说。但实际上，小说的故事时间不过一年。也就是以被赵医官指定为祠堂和金库继承者的德基为中心，直至赵医官去世前后。这与家族史小说相去甚远。不仅小说故事时间段短，对于能够让孙子德基往返于东京和首尔，酒吧与炳华的宿舍之间，使其纵横社会空间的祖父赵医官的经济来源，小说没有给予明确的说明，只是几笔带过。对于祖父曾经家缠万贯，担任过町总

[1] 罗相佑．廉尚燮的《三代》和巴金的《家》中出现的知识分子形象比较研究[D]．首尔：中央大学，2015.

[2] 权美．20世纪初中韩日家族史小说比较史研究——以《家》《三代》为中心[D]．首尔：首尔大学，2016.

代之职，小说也只是略微暗示。[1]

小说的故事展开时间只有一年，而且对于身为家长的第一代赵医官的个人史，特别是财富的累积史没有充分地解释。因此，可以看出《三代》并不像传统意义上的家族史小说那样，“不是为仔细地讲述整个家族的来历”[2]。这种观点同样适用于巴金的《家》。《家》的故事时间从当年冬天到第二年夏天，不过半年左右。不仅如此，与《三代》相似，对第一代高老爷的个人史，特别是经济史的说明不足。更何况，小说的焦点不是“家族的来历”，而是第一代和第三代的矛盾（个性的解放）。

从既有的巴金和廉尚燮文学比较研究成果来看，虽然在数量上、质量上取得了一定的成果，但研究对象依然受限。这种局限与研究视角偏于近代化有着一定的联系。虽然从结果论上可以接受，但很多研究过分关注封建家族形式的消失，结果忽略了传统家庭意识的延续和发展。

需要强调的是，《三代》和《家》这两部作品的比较研究，在东亚范围内，对于考查东西方文明冲突，以及中韩两国的近代化进程的意义非常大。但传统价值体系并非转瞬即逝，而是不断抑扬的存在。将这种抑扬的过程借文学这一形式形象化的作家便是廉尚燮和巴金。因此，通过对截止到《三代》和《家》的小说演变过程的比较研究[3]这一更为细致的工作，考察这一抑扬的过程，会成为了解当时作家们的传统的意识，特别是家族意识整体面貌的一个新契机。这也是本书研究的出发点。

第三节 研究方法及研究范围

如上所述，到目前为止，还没有确认廉尚燮和巴金之间任何实质性的“影响关系”。因此，将比较文学领域重视“影响关系”的法国学派的研究方法应用于两位作家文学的比较研究难免牵强。

梵·第根（P. Van Tieghem，1871—1948）曾一针见血地指出法国学派比较

[1] 柳宗浩．廉尚燮的人生 [M]// 权宁珉．廉尚燮文学研究．首尔：民音出版社，1987：336-337.

[2] 洪廷善．审视时代的洞察力与内心世界的照明——解读《万岁前》与《三代》[M]// 洪廷善．古典演讲：8．首尔：民音出版社，2018：26.

[3] 对两位作家小说演变过程的个别研究在两国学术界已经有了相当的积累。代表性研究成果如下。金钟均．廉尚燮研究 [M]．首尔：高丽大学出版社，1974；金允植．廉尚燮研究 [M]．首尔：首尔大学出版部，1987；朴商准．20 世纪 20 年代文学与廉尚燮 [M]．首尔：首乐出版社，2000；河正日．20 世纪韩国文学和现代性的辩证法 [M]．首尔：晓明出版，2000；金明仁．文学的近代自我意识 [M]．首尔：晓明出版，2016；陈思和，李辉．巴金研究论稿 [M]．上海：复旦大学出版社，2009；汪应果．巴金传 [M]．上海：复旦大学出版社，2009；李存光．巴金研究回眸 [M]．上海：复旦大学出版社，2016.

研究方法论所存在的问题。他认为，仅限于两种关系的比较文学并不完善。如果只研究两种要素之间的关系，那么其标准应扩大到著作、作家、作品、人物、文学等领域。而这种限于本国文学范畴的比较文学的完成，“因为研究的目的只考虑作为某个时代决定性的某个整体，所以并未对世界文学史做出贡献”。他建立了“一般文学”的概念和原则。他将完成本国文学史的比较文学史及将连接两个文学史之间的第三门学科称为“一般文学史（一般文学）”，并将“文学的一般历史（histir générale de la littérature）”或“一般文学（littérature générale0）”定义为“在各种文学中，表达一般事实，相互附属或符合的，可供考虑的研究序列”。他将“整体研究各种文学中出现的相同事实的姿态”视为研究原则。自然地，“同时与各种文学相关的文学序列事实”成为一般文学的研究领域。通过这些研究，在“多样化的国民表达的细微之处和世界性特征”这两者之间，更好地明确各国文学。[1]

如上所述，如果将“几个国家文学中共同出现的文学现象”[2] 视为研究对象是“一般文学”的特征，那么将“处于影响和接受关系的两国文学中出现的文学现象”[3] 视为研究对象则是“比较文学”的特征。

但梵·第根标榜的“一般文学”概念以西欧文学传统的统一为前提，因此其“包容性”难免受到局限。韦勒克（René Wellek，1903—1995）强调“一般文学”和“比较文学”的区分是不可能的。他一方面指出人为划分主题与研究方法，基于文化国粹主义的动机等引起比较文学危急的要素，另一方面强调，与其区分比较文学和一般文学，不如将一般文学纳入比较文学的范畴。[4] 这样一来，比较文学这一概念超出了本国文学的范畴，具有了世界性的意义。

由于帝国主义的侵略，以汉字为根基的儒教文化圈随着西方价值观的流入而逐渐被蚕食，中韩两国都面临政治、经济、文化领域的变革。文学也不例外。两国都面临建立近代文学的共同难题。廉尚燮和巴金也身在其中。殖民地、半殖民地社会情况是他们必须时刻考虑的文学外部因素。在这种情况下，他们的文学自觉地选择了反帝、反封建为主题，因此在文学表现上具有了一定的“相似性”。尽管如此，文学作品最终作为作家个人体验的产物，即便涉及了同样的主题，即使所处时代情况相似，但也会因体验的不同而呈现出不同的面貌。对两位作家而言，即使同样受到国内外文学的影响，但因个人的接受情况的不同，文学也呈现出不同样貌。也就是说，在近代文学（本国文学）形成过程中，同时形成了属于各自的“特殊性”。因此，兼顾各国文学“相似性”和“特殊性”的韦勒克的比

[1] 梵·第根．比较文学 [M]．金钟元，译．首尔：艺林企划，1999：174-179.
[2] 尹浩炳．比较文学 [M]．首尔：民音出版社，1994：39.
[3] 尹浩炳．比较文学 [M]．首尔：民音出版社，1994：39.
[4] 尹浩炳．比较文学 [M]．首尔：民音出版社，1994：47.

较文学研究方法同样适用于中韩两国近代文学比较研究。

崔元植主张“要通过特殊性和普遍性的统一来掌握本国文学”。[1] 这不仅适用于韩国文学的研究，也适用于中韩两国的近代文学比较研究。在承认受本国或外国文学影响的情况下形成的两国文学的“特殊性”的同时，捕捉到这些文学形成过程中共同拥有的“普遍性”，不仅有助于理解本国文学，还可以将视角扩展到同一时期的他国文学。

综上所述，针对廉尚燮和巴金文学的比较研究，本书除了采用比较文学中基于“相似性”的平行研究法外，还将采用基于“特殊性”的影响研究法。为了考察两位作家文学中出现的一系列文学现象，还将采用传记和社会历史批评法，在充分涉猎以往研究成果的基础上，以人物形象为主，考察截止到《三代》和《家》的小说演变过程。

但遗憾的是，两位作家的整体作品不能成为考察对象。廉尚燮在 1936 年以《满鲜日报》编辑部作长的身份前往中国东北，之后中断了创作活动。等到再次执笔创作时，朝鲜战争爆发。巴金在 1946 年，以长篇《寒夜》结束了小说创作。此后，由于时代状况、意识形态、个人问题，两位作家的作品很难再捕捉到相似性。因此，本书的研究范畴限于 20 世纪 20 年代，直至日本帝国主义灭亡前，两位作家发表的小说及散文。

本书首先考察廉尚燮和巴金的留学经历，从社会及个人两个层面考察促使两位作家出国留学的动机，揭示其异同点，并分析其原因。同时，还将涉及两位作家在留学过程中经历的近代文学体验。在此基础上，将以个性、现实性、功利性为中心考察两位作家的文学思想，揭示其异同点。特别是他们文学思想所提及的个性差异，以及对待左翼文学（普罗文学）的态度。最后，将以“离家”和“归家”的形式考察这些文学思想具体如何体现在文学作品当中。

[1] 崔元植．比文学断想 [C]// 韩国学论集．1979（46）：164.

第二章　留学经历与个性的形成

第一节　与世界的相遇和幻灭

廉尚燮和巴金分别出生于朝鲜王朝末期和清朝末期，经历了封建王朝的没落，亲身体验了本国的殖民地及半殖民地化过程。为了扫清落后封闭的社会现实带来的阴霾，两人分别留学日本和法国。但两位作家的留学经验存在质的差异。就中国而言，清朝在孙文领导的同盟会的革命活动之下土崩瓦解，而韩国不同，朝鲜王朝实际上因日本帝国主义的单方面合并而灭亡。虽然两国都被外国势力所压迫，但相较于中国，朝鲜进入近代的情况更为被动。这些差异也对作家的留学经历产生了影响。实际上，巴金曾透露过自己选择法国留学的原因。

> 当时很多中国的年轻人都想寻找救国之路。（略）其实我要寻找的不是别的，可以说是‘真理’。为此，我自费来到法国，最初想学习经济学。首先，法兰西相对其他国家更容易接纳中国留学生。当时中国留学生非常多。其次，留学费用相对低廉。但最重要的，是很多被驱逐者的庇护所。形形色色的革命者来到法国生活。❶

这里有必要关注“救国之路”“革命者”这两个词。巴金本来想攻读经济学，但实际上在法国留学期间吸引巴金的是民主政治思想和法国大革命。由此可见，对于巴金来说，法国无异于寻找救世之路的一个出口。作为近代起点的法国等西方国家被巴金视为“充满可能性的世界”。

廉尚燮留学日本的原因则大为不同。

> （略）当时正值中学二三年级，岁年龄尚小。一方面，不能不考虑民族的命运、祖国的光复，还有个人的政治信仰，所以不无学习其他实学的想法。而且首次开眼于近代文明，所以自觉能够挽救韩国人的第一条路就是习得科学技术。但不知是否是出于传统文人的情节，认为选择文学日本人就奈何不得我，所以出于超然的想法，带着稍许的期待，顾

❶ 巴金．巴金答《世界报》记者问 [M]// 巴金论创作．上海：上海文艺出版社，1983：679-680.

周围的劝阻，被文学所吸引。[1]

可以看出，廉尚燮选择文学是出于“日本人能奈我何”的想法。可见，日本帝国主义对政治、经济、军事等领域的殖民统治是全方位的，而文学才是唯一的出路。因此，廉尚燮后来回忆，即使学费充足，也不会选择政治、经济、法律学科。这一点与当初留学法国的目的是学习经济学的巴金的情况截然相反。可以看出，廉尚燮并不能置身于殖民统治这一外部环境之外。对于廉尚燮而言，日本只是模仿了西方近代化，且吞并自己祖国的“敌国”。

总之，对待西方和日本，巴金和廉尚燮的视角必然有所不同，而这也在两位作家的作品中构成了独特的美学特点。

特别是廉尚燮，日本留学的体验在他的中篇《万岁前》中借用“旅途”的形式表现出来。《万岁前》通常被称为“旅途型小说的典范”，但根据沈元燮的研究[2]，1910 年代的日本留学生文人中已经出现了类似的尝试。他阐明了朱曜翰的短篇《村舍》（《青春》11 号，1917.10）和罗景锡的散文《低级的生存欲》（《学之光》4 号，1915.2）中的“旅途结构”。《村舍》的故事梗概如下。

> 昌浩在家乡被称为神童，长大后在日本留学多年后回到了家乡。他的存在给家人和村民带来了“惊喜”和“惊奇”。他用“敏锐的眼光”观察村里的环境和村民的样子。他感觉，虽然有了新路和新房子，但人们的生活方式并没有改变。感觉他们生活的空间“平静得像死亡一样”，充满了“无法忍受的败絮和停滞”。在此过程中，他与苦恼于是否要与下人的女儿慧秀结婚的幼年好友英绪产生矛盾。对于因家里的反对而苦恼的英书，昌浩说那是“新人和旧人之间不可避免的冲突”，积极劝告他要有勇气推进。但面对最终还是无法做出决断的英绪和村子的现实，昌浩倍感失望，决定“远行”。他在最后写给英绪的信中鼓励对方突破难关，摆脱这种“醉生梦死”的监狱般的生活。他还说自己诅咒这片土地，将踏上不归路。[3]

从这部小说的情节中可以看出，在日本留学的先知先觉知识分子通过回国的旅程，感知到了封建家长制的弊害，对朝鲜下了诅咒，再次前往东京。对他们来说，“东京是空想的天堂，首尔是事实的差异”[4]。因此，接受大正·德莫克拉西洗礼的年轻朝鲜留学生和殖民地朝鲜的现实之间出现了无法填补的鸿沟。虽然以“真自我的自觉”[5]提出了解决包括个人在内的民族问题，并提出了乐观前景，但

[1] 廉尚燮．文学少年时代的回忆 [M]// 韩基亨，李惠铃．廉尚燮文章全集：第 3 卷．首尔：晓明出版社，2014：306.

[2] 沈元燮．日本留学生的大正昭和体验 [M]．首尔：晓明出版社，2009：11-35.

[3] 沈元燮．日本留学生的大正昭和体验 [M]．首尔：晓明出版社，2009：13-14.

[4] 沈元燮．日本留学生的大正昭和体验 [M]．首尔：晓明出版社，2009：20.

[5] 沈元燮．日本留学生的大正昭和体验 [M]．首尔：晓明出版社，2009：35.

这也因第一次世界大战的结束及三一运动的失败而化为泡影。这样看来，应该认为“旅途”故事的结构是在当时朝鲜留学生文人的一种共识中形成。

廉尚燮的《万岁前》也可以说是位于其延长线上的作品。李寅华通过从东京返回首尔的旅途，直面殖民地朝鲜社会的各种风景，发现这里犹如“墓地”。当然，这种视角的背后隐藏着朝鲜留学生的精英意识，因此与前面提到的1910年代朝鲜留学生文人的优越意识没有什么区别。尽管经历过三一运动，但仍然沿用了朱曜翰小说的主题，这意味着源于留学体验产生的，对于封建家长制的反感越发强烈。尽管已经预知了失败，但在这部以十几岁时的情怀为主题的小说中，作者如实地描述了身在“作为空想的东京”的留学生处境。这一点可以说是极具发展性的。可见，这一时期廉尚燮以更加成熟的视角看待自己的日本留学。

值得一提的是，在提倡“向心生活”（自我觉醒）的同时，他只将其局限在个人层面，没有草率地扩大到民族层面，这与以往大不相同。乐观的展望全无，应该是作家意识的产物，即从反省的角度冷静地重新审视三一运动之前的朝鲜。这一点在这部三一运动之后发表的作品的开头部分体现得尤为明显。叙述者开始与描写对象（朝鲜社会）保持客观冷静的距离。因此，虽然采取了相似的叙事结构，但在前面提到的朱曜翰小说中突显的肤浅的浪漫在《万岁前》中不再出现。再加上廉尚燮虽然延用了当代文人文章中经常出现的旅途、离家母题，但到了日后的小说《南忠绪》和《三代》，反而以归家为母题，这一点尤为值得关注。后面的章节将会详细论述这三部小说与离家、归家母题的关联性。这也意味着以留学经历为基础，亲身体验殖民地现实，最终以“差异的反复”实现了小说的持续演变。因此，从离家到归家的过程起到了构成廉尚燮作品世界的“主心骨”，因此有必要关注作家的家族叙事。

从这个意义上说，有必要在正式开始比较研究之前，对两位作家的个人史特别是留学阶段的考察是非常必要的。那么，让两位作家出国留学的动机是什么？本书将其分为社会层面和个人层面进行考察。

与开创早期近代文学之路的李光洙或者鲁迅相比，廉尚燮和巴金出国留学时，中韩两国所处的社会和政治状况大不相同。就韩国而言，大韩帝国被日本吞并后，实际上丧失了国家主权。1910年韩日合并使朝鲜失去了独立自主权，完全沦为日本的殖民地。日本天皇为了保障帝国及殖民地繁荣，发表了接受朝鲜皇帝合并要求的荒唐诏书，促成了这场历史悲剧。于是，日本为了实施“大陆政策”，终于获得了朝鲜这个“兵站基地”，军国主义进程加速。[1] 就中国而言，摇摇欲坠的清王朝终于被辛亥革命所终结，中华民国成立。从1840年鸦片战争开

[1] M Perrinjaquet．韩国和日本 - 韩日合并——1910年8月22日的条约及结果 [J]．权翰镛，译．东亚法学，2002（31）：390；韩正善．韩日合并及视线的政治学——近代日本帝国的视觉文化与漫画媒体 [J]．东洋史学研究，2005（93）：235.

始，中国的社会结构开始逐渐发生变化，但在经济和社会意识方面的进展还相当缓慢。这种局面在辛亥革命之后开始变化。虽然在经济层面，没有达到从农业社会向工业社会转变的标准，但在政治层面，封建君主制消失的同时，民主共和制成立。如果说政治生态反映经济状况，那么反过来，这种政治上的变化也会影响经济[1]。之后，随着五四新文化运动和国民大革命的巨浪席卷而来。就这样，殖民地和半殖民地社会成了两位作家无法回避的文学外部环境。经历了动荡时期，两位作家培养了看待世界的眼光，探索了属于自己的现实之路。

1912 年 2 月 12 日清王朝的灭亡及 1910 年 8 月 29 日朝鲜王朝的国权丧失，让年纪尚小的巴金和廉尚燮产生了与以往不同的意识。封建王朝的灭亡实际上给巴金带来了一丝新鲜，甚至是少许的兴奋。

> 得知这一消息后，尧棠（巴金本名）仿佛亲眼看到民众的敌人赵尔丰被抓获，被五花大绑逮到了菜市口，终于被斩首。他感到很新鲜，同时也很兴奋。他最高兴的是，仆人张福得到父亲及大哥的允许，给他和三哥剪了鞭子。他不必像二叔三叔一样再带着这个讨厌的东西。不久，家里所有的男性，包括男婴都剪了鞭子。最后连作为家长的祖父也不得不剪掉辫子。（略）
>
> 尧棠一代最开心，尤其是大哥尧枚。他一直梦想在新式学堂学习，果然没过多久就得到了祖父的允许，上了中学。[2]

赵尔丰曾是巴金所在的四川地区的总督。他曾是清朝的高级官员，在组织反对辛亥革命的运动时被革命党人抓获并斩首，在小巴金看来，反对历史进程的人无异于民众的敌人。而且，由于清王朝的灭亡，不仅可以剪掉象征封建王朝的辫子，还可以接受西方的近代教育，真正打开了新的生活篇章。就大户人家而言，巴金的家族可谓相当开明。留日归来的二叔、三叔都担任过清朝的官员，这很好地说明了这一点。

与此形成鲜明对比的是，对于朝鲜王国的灭亡，廉尚燮表现出了平静的一面。

> 十岁左右，我幼小的第一个梦是随着枪声醒来，开眼于世界。（略）小时候心里有什么想法？虽然不知道是不是懂事懂到义愤填膺，但到现在也记得，当时的枪声一点也不可怕。（略）
>
> 国家早已病入膏肓庭，大前年签订了乙巳条约，闵忠贞公去世，到处都是悲愤的哭声（略）[3]

---

[1] 张剑．辛亥革命与中国近代史的开端——沈渭滨教授访谈录 [J]．探索与争鸣，2001（9）：8.

[2] 徐开垒．巴金传 [M]．上海：上海文艺出版社，1991：19-20.

[3] 廉尚燮．怀念星星的日子 [M]// 韩基亨，李惠铃．廉尚燮文章全集：第 3 卷．首尔：晓明出版社，2014：447-448.

考虑到当时只有十岁，即便是之后回忆，也能感觉到与幼小年龄不相符的成熟。对廉尚燮而言，合并已是不可逆转的情况，所以可能接受的态度比较坦然。但这并不意味着他对日本帝国主义没有反感。辗转于官立师范普通学校和普成小学，吐露那段时间只想“唯把排日付之于行动”[1]，足可见其反抗的心理。

尽管同样是封建王朝的灭亡，但传递给两位作家的信息则完全不同。对巴金而言，清王朝的灭亡意味着封建时代的结束，象征近代的中华民国政府建立，是值得欢迎的。相反，廉尚燮则不同。大韩帝国的消失意味着朝鲜已经完全沦为日本帝国主义的殖民地。至此，廉尚燮以亡国奴的身份被强制编入日本帝国主义主导的殖民地近代化的进程当中。两种近代化的经历有着质的差异。

还有一点需要指出的是，当时巴金居住的四川地区位于中国的西南部，帝国主义势力的影响力相对较弱，而封建势力依然稳固。而廉尚燮居住的京城（现在的首尔）则是殖民地的中心，也是近代化速度最快的地方。

社会、历史状况的变化为巴金和廉尚燮创造了直接或间接接触西方近代教育的新环境，这让两位作家可以接触到更多“外面的世界”的信息。而且，这种经历也成了后来留学的动力。

随着时间的推移，分别接触过近代教育的巴金和廉尚燮感到周围的环境越来越压抑。

对巴金来说，促使他异地求学的直接原因之一便是封建大家庭。去外地求学前，巴金先后目睹了祖父、父母、二姐、妹妹、侄子的死亡。特别是二姐的死与祖父的独断有直接关系。虽然患了肺结核，但祖父以西方医术不吉利为由，没有让二姐接受系统的治疗，最终导致其死亡。不仅如此，三姐还因为父母和祖父的去世服丧多年，错过了旧社会所说的结婚的适龄期，最后只能沦为别人的小妾。在年幼的巴金看来，所有这些不幸的原因都源于封建大家庭[2]。与廉尚燮不同，巴金的“家庭情结”比较重。从他把长篇小说取名为“家”就可以判断这一点。从巴金的评论中不难看出很多对“家”进行谴责的地方，可以说“家”对他来说无异于专制王国。

> 那十几年的生活是一个多么可怕的梦魇！我读着线装书，坐在礼教的监牢里，眼看着许多人在那里面挣扎，受苦，没有青春，没有幸福，永远做不必要的牺牲品，最后终于得着灭亡的命运（略）。[3]

在这种情况下，能给他带来安慰的是新的知识和思想。五四运动爆发的第二年，祖父认为只要学好外语，将来就能在邮局找到工作。在他的应许下，巴金前

---

❶ 廉尚燮．怀念星星的日子 [M]// 韩基亨，李惠铃．廉尚燮文章全集：第 3 卷．首尔：晓明出版社，2014：449.

❷ 徐开垒．巴金传 [M]．上海：上海文艺出版社，1991：58.

❸ 巴金．关于《家》[M]// 巴金全集：第 1 卷．北京，人民文学出版社，1986：441.

往成都外国语学院开始学习英语[1]。在这期间，他接触到了克鲁泡特金的一本名为《告少年》的册子和廖亢夫（L.Kampf，1881—1913）的剧作《夜未央》。前者提出“走进民众”的口号，讴歌社会革命，后者则歌颂阶级斗争及牺牲精神。在这种社会思想的影响下，巴金于 1921 年加入了一个名为均社的秘密团体，并于当年 4 月在机关报《半月》上发表了题为《如何建设自由平等的社会》的文章。巴金憧憬更为广阔的世界，于 1923 年前往上海。1927 年去法国留学之前，他与无政府主义者会面，并开展了写作、翻译、创办杂志等一系列的活动。

这里首先要关注的是与无政府主义者的交往。1925 年 1 月，巴金在秦抱朴的介绍下与著名无政府主义者艾玛 · 戈德曼（Emma Goldman，1869—1940）进行了书信往来。他早在成都时期就接触过戈德曼的文章，巴金被她的理论所吸引，称她为自己“精神上的母亲”[2]。当年夏天，初中毕业的巴金想要入学北京大学，但由于健康状况的原因，不得不重新回到南京。在北京逗留期间，他在朝鲜人朋友沈如秋[3]的介绍下认识了另一位朝鲜人柳絮。特别是从后者那里了解到了受日本帝国主义殖民统治的朝鲜的情况后，巴金同情朝鲜民众，同时也关心起了因殖民统治而产生的民族问题。同年 9 月，巴金在上海创办了具有无政府主义倾向的《民钟》月刊。

这一时期，巴金对俄罗斯革命史和世界无政府主义运动史极为关注，并撰写了一系列有关无政府主义思想的文章，如《俄罗斯虚无党人的故事》（1926.6）、《法国无政府党人的故事》（1926.12）、《无政府主义的阶级性》（1926.12）等发表在《民钟》杂志上。同时还进行了翻译活动，完译了克鲁泡特金的著作《面包与自由》（自由书店，1927.1）。

归根结底，巴金因无法承受封建大家庭环境的压迫，开始了异地求学。期间，初步接触到了无政府主义及民主主义革命思想，之后辗转上海、北京、南京等地，在与无政府主义者交友的过程中逐渐被这种思想所吸引。最终负责创办了具有无政府主义思想倾向的杂志。

与巴金不同，廉尚燮很早就留学日本，所以日本在他的思想形成中起到了非常重要作用。那么促使他离家去探索外部世界的动机是什么？

> 宝成中学 2 年级时去了日本。虽不是现在这样的偷渡，但也没有怀揣什么大梦想，也没有顾及家境，同学们说好，就随大流跟了过来。只是心里依靠的是已经留日的两个哥哥。但现在回想起来，我觉得到中学

[1] 徐开垒. 巴金传 [M]. 上海：上海文艺出版社，1991：37.

[2] 巴金. 信仰与活动 [M]// 巴金全集：第 12 卷. 北京，人民文学出版社，1989：403-404.

[3] 沈如秋（1904—1929），祖籍咸镜道，但出生在吉林。曾就读于北京民国大学，精通世界语，对中外无政府主义思想交流做出过贡献。巴金. 关于《火》[M]// 巴金全集：第 20 卷. 北京，人民文学出版社，1993：651.

为止，应该留在本国，扎实地学习本国文物基础知识。只是对于一个求知热的少年而言，新文学这个未知的世界的等待实数是一种幸福，也是一种惊奇。如果当时学费充足，那么历经艰辛去日本寻找新知识的本意就不在文学，就会在其他科学方面寻找出路，而文学会作为业余爱好。但即便如此，也不会选择政治或法学。

在本国的时候，在日本帝国主义的武断政治以及宪兵政治下也束手无策，因为年纪还小，也不知道地方派系对立之类的事情。（略）❶

（略）因为文坛尚处于处女地阶段，没有像政治社会那样的角逐和牵制，所以很容易成为作家。但政治、经济、产业、社会、文化等所有领域都没有活动的余地，四面八方都被封锁了，所以也没有考虑才华、实力、生活方式等，就轻易地逃往这条路。当然，也倾向于视其为日本帝国主义压迫下，生活的一个排泄口，自己也受益于此。❷

从廉尚燮留学前、后的回忆可以看出朝鲜殖民地社会的阴暗。因武断政治、宪兵统治，不仅限制了人身自由，还限制了言论自由。不仅如此，青年人想要青云直上，情况也不尽如人意。在这种情况下，也许廉尚燮想要逃离朝鲜的愿望更加迫切。正如他所说，对未知世界的憧憬让人兴奋不已，不惜克服种种困难。他的这种憧憬也极为现实。尽管年幼，但廉尚燮对殖民地朝鲜的社会情况掌握得非常准确，从一开始就放弃了对政治、经济、法律等日本帝国主义行使绝对影响力的领域的学习。这就是最好的证明。廉尚燮说，虽然从留学之初就因为学费问题，没有把志向放在文学上，最多当作业余爱好。但即使学费充足，也不会选择政治、经济、法律系。从这些陈述中可以看出他敏锐的现实感。所以廉尚燮最终选择了日本帝国主义压迫相对较少，而且可以自由表明意向的领域——文学。

为了摆脱压抑的家庭环境，在异地求学的过程中，开眼于社会思想的巴金为了填补理论知识的空白，选择了留学法国。更确切地说，他的这种选择应该说是出于社会运动层面的考虑。1927 年 1 月至 1928 年 12 月的近两年法国留学赋予巴金的精神意义不可言喻。从某种意义上来说，打开了他文学生涯的新篇章。首先要关注的是，在参加拯救无政府主义者萨珂和凡宰特的国际声援运动的过程中巴金与友人的书信往来。在参加拯救萨珂和凡宰特运动期间，巴金与凡宰特有过两次书信往来。凡宰特鼓励巴金不要灰心，要一直乐观地生活下去，然后顽强地击退黑暗和不正之风。他还嘱咐巴金用无政府主义运动结束专制统治的反复出

❶ 廉尚燮．怀念星星的日子 [M]// 韩基亨，李惠铃．廉尚燮文章全集：第 3 卷．首尔：晓明出版社，2014：450-451.

❷ 廉尚燮．我的小说及文学观 [M]// 韩基亨，李惠铃．廉尚燮文章全集：第 3 卷．首尔：晓明出版社，2014：107.

现[1]。但萨珂和凡宰特的死给巴金带来了巨大的冲击。虽然凡宰特自始至终将人道主义的博爱和宽容当做自己的人生信条，最终等待他的却是冤死。这使巴金对他倡导的人道主义精神投以怀疑的目光[2]。

当时中国正值反帝、反封建性质的国民大革命（1924.5~1927.4），巴金也和无政府主义同志一道关注国内的革命形势。这样的关注自然引发了讨论，最终诞生了名为《无政府主义与实际问题》的小册子。这一时期，巴金翻译了克鲁泡特金的著作《伦理学的起源及发展》，撰写了俄罗斯虚无党派女革命家传记《俄罗斯十女杰》。此外，他还接触了卢梭、佐拉、罗曼·罗兰、雨果等法国思想家、作家的作品。他特别喜爱阅读佐拉的作品[3]。最重要的是，他还创作了步入文坛的开山之作——中篇小说《灭亡》。

摆脱朝鲜社会压抑氛围的欲望以及对新知识的探索热也让廉尚燮憧憬并向往借助西方近代文明步入强国之列的日本。但对他而言，日本既是羡慕同时也是仇恨的对象。所谓羡慕，在与殖民地朝鲜的对比中也可以看出：是与武断统治相对应的自由和平等的保障。但是殖民地人这一身份一直困扰着他。不仅如此，从物质和精神两方面帮助自己留学的大哥廉昌燮是日本陆军士官学校出身的军官。这一点也许足以让他感到自豪的同时难免有几分羞耻。曾就读于朝鲜王朝末期武官学校的廉昌燮在学校废除（1909.7）后，于当年秋天以官费留学生的身份前往日本留学。之后辗转于中央幼年学校（1912.5），驻京都第 16 师团（1912.5~11），日本陆军士官学校（1914.5）的他于 1918 年 9 月毕业，作为扼杀新生苏维埃政权的远征军的一员被派往了西伯利亚[4]。得益于大哥这种社会身份所带来的光环，廉尚燮以唯一一名朝鲜留学生的身份进入了日本京都府立第二中学，并在那里通过写作积累了自己的文学自信。但自家大哥是“日本海外扩张的走狗”的标签也许足以让廉尚燮感到羞耻。即“军服之下的自豪感演变为文学领域的一种羞愧之心”。[5] 这种羞耻之心在《万岁前》中的“金泉大哥”这一人物身上体现得淋漓尽致。眼戴金边眼镜、腰系环刀的哥哥对日本巡警卑躬屈膝，但他把所剩无几的家产作为本钱进行投资，并用这笔钱把主人公李寅华送到日本留学。对于这样的哥哥，主人公一方面感激，另一方面又感到羞耻。小说人物的这种心情和作家廉尚燮的情结高度吻合。当然，将现实中的人物和小说中的人物进行一对一的比较可能不合适，但考虑到文学源于现实，这种推

---

[1] 陈思和．关于凡宰特致巴金信 [J]．中国现代文学研究，1984（2）：371-372.
[2] 巴金．呈献给“吾师”凡宰特 [M]// 巴金全集：第 21 卷．北京，人民文学出版社，1993：5-6.
[3] 徐开垒．巴金传 [M]．上海：上海文艺出版社，1991：121.
[4] 金允植．廉尚燮研究 [M]．首尔：首尔大学出版部，1987：31-32.
[5] 金允植．廉尚燮研究 [M]．首尔：首尔大学出版部，1987：32.

测不无道理。廉尚燮对日本的这种复杂心理[1]在他的行为中也有所体现。一方面得益于日本的教育体系，学习西方近代文明，另一方面也关注民族解放及社会运动。

值得一提的是，廉尚燮在日本留学期间策划撰写独立运动宣言书并宣读的“天王寺公园事件”（1919.3.19）。对于廉尚燮自称在大阪朝鲜劳动者代表策划的这起事件的动机，学界众说纷纭。但可以肯定的是，作为朝鲜留学生身份的廉尚燮将自己反对日本帝国主义殖民统治的意志付诸实际行动。但是举事被事先掌握情报的日本警察迅速瓦解，主谋廉尚燮迎来了入狱的痛苦经历。如为社会、民族的出师表般的这一行为，在开始之前就被扼杀在摇篮里。即使它不是在某种成熟思想下产生，其结果也化为泡影，但作为殖民地人在帝国的中心地带进行的壮举，对于以后理解作家廉尚燮来说，可谓意义深远。以此事件为契机，出狱后他没有以“通过劳动争议的无产阶级解放运动来迂回促成民族解放运动”[2]为目的继续学习，并拒绝了日本思想家吉野造作（1878—1933）的经济援助，选择了去横滨福音印刷厂做一名工人。大约 3 个月（1919.11~1920.1）后，廉尚燮因流感这一表面原因选择辞职[3]。但他想把工人运动和民族解放运动结合起来的思想在日后的文学作品中以“同情者”（symptizer）这一人物形象出现，《三代》中的赵德基便是代表。1920 年 1 月，廉尚燮结束了 8 年的第一次留学生活，在陈学文的劝导下，以东亚日报政治经济部记者的身份回国。其间，他完成了早期短篇小说《暗夜》初稿。

巴金和廉尚燮在法国和日本留学时，朝鲜爆发了反对日本帝国主义压迫统治、谋求民族自决的“三一万岁运动”，中国爆发了以反帝反封建为目标的国民大革命。虽然滞留在海外，但两位作家对国内政治形势的关注与众不同。廉尚燮借助“三一运动”的势头，亲自起草了独立宣言书，并谋求举事。但由于事前计划被曝光，不得不面临牢狱之灾。同样，巴金与同志们积极讨论国内的革命形势，并将其内容编成小册子。就这样，两位作家表明了自己对时局的想法，并付之于行动。

但三一运动和国民大革命均以失败告终。这种精神上的痛苦也折射在了两位作家的文学创作之中。就廉尚燮而言，从处女作《标本室的青蛙》等创作初期的三部曲开始，再到中篇《万岁前》，其主要时代背景是万岁运动（三一运动）之

[1] 金允植对这种心理做出了如下的解释：一方面反抗日本帝国主义殖民制度的约束，另一方面又享受日本帝国主义提供的优越条件的一种伪善的态度。金允植．廉尚燮研究 [M]．首尔：首尔大学出版部，1987：33.

[2] 廉尚燮．横步文坛回想记 [M]// 韩基亨，李惠铃．廉尚燮文章全集：第 3 卷．首尔：晓明出版社，2014：592.

[3] 金允植．廉尚燮研究 [M]．首尔：首尔大学出版部，1987：61.

后[1]。在这些作品中，多数年轻知识分子作为主人公登场，而且都表现出严重的忧郁症症状。究其原因，他们的这种症状与三一运动后朝鲜压抑的社会现实有着直接或间接的联系。由此可以看出作家看待三一运动之后朝鲜社会的冷峻视线。巴金在这一时期表现出“坚定不移”与“飘忽不定”并存的精神状态[2]，这种苦恼的延续促使了处女作《灭亡》的诞生。这部作品以国民大革命失败后的中国上海为背景，作为知识分子的主人公在是否要革命这一问题上内心充满矛盾。在革命这一问题上彷徨的主人公形象映射着作家巴金的影子。

通过留学直接或间接体验国内革命及独立运动的巴金和廉尚燮以此为契机选择了新的生活。对巴金而言，他对无政府主义思想多少表现出了动摇，但从结果来看，还是继续保持着信仰。但是他的这种信仰自始至终都没有发展为实际的社会革命活动，只是通过文学这一媒介表现出来[3]。相反，结束第一次日本留学的廉尚燮以新闻记者的新身份重新回到了朝鲜。政治经济部记者这一职业的特性使他能够接触到殖民地社会的各种社会问题。这成了他日后选择成为职业作家的重要因素。

两位作家虽然都有着封建王朝灭亡及留学的相同经历，但实际上其中蕴含的“内涵”大不相同。清王朝的灭亡是靠自身内部的力量实现的。因此，巴金可以乐观地展望，随着封建王朝的结束，近代社会终将到来。这种乐观散见于各个文章当中。例如，针对处女作《灭亡》及紧随其后的《新生》和《死去的太阳》组成的革命三部曲，巴金曾说过如下的话。

> （略）事实上第二十二章在本书内是非常重要的。我把我自己的希望就寄托在这里面。因为在前面的二十一章里，我根据自己的经验抹杀了群众的力量（这个弱点虽刚果伦君亦未指出）。（略）然而我自己依然觉得中国民众是可爱的、有望的，他们的坏处就在无知，但不是他们的错，而且这也是很可以补救的。所以为了对于中国民众持公平

❶ 《万岁前》中的背景虽是万岁运动之前，但作品以叙述者“我”经历此次运动以后，再次回顾的形式展开。故事时间和叙事时间始终保持距离。这表明了作家对于此次运动的反省意识。

❷ 对于《灭亡》的创作背景，巴金留下了如下的话：“《灭亡》不是一部告诉我们革命出路的作品。相反，这是一部展现了希望革命但没有找到正确出路的知识分子内心的作品。”由此可见，这一时期国民大革命的失败以及萨珂和凡宰特的死使巴金产生了这种复杂的心理。巴金．谈《灭亡》[M]// 巴金论创作．上海：上海文艺出版社，1983：186.

❸ 在回顾自己的处女作《灭亡》的文章中，巴金曾说：“杜大心是单独地在进行革命的斗争，我却是想革命，愿意为革命牺牲一切，而终于没有能参加实际的革命活动。但是我们两个都没有找到正确的革命道路，这一点是最重要的。所以我会写出杜大心这个人物来。要是我走了另一条道路，也许我就不会写小说，至少我不会写出像《灭亡》这样的作品”。由此可见，巴金希望通过小说创作的方式来补偿未能实现自己政治理想的遗憾。巴金．谈《灭亡》[M]// 巴金论创作．上海：上海文艺出版社，1983：189.

的态度起见，我在第二十二章里留下了希望，说起四年后的胜利，同时给我的三部作《新生》《黎明》开了端（《新生》是李冷的日记，《黎明》是李静淑的历史）。[1]

不仅如此，以1940年创作的长篇《寒夜》为例，虽然巴金通过善良知识分子的死亡批判了旧社会，但仍不遗余力地宣称“黑暗到了尽头，黎明就出现了”。甚至说自己的所有作品都是“追求光明的呼号”[2]。从这种乐观的展望可以看出，对巴金而言，近代社会是终将实现的充满希望的彼岸。因此，他对外部世界的期待感也进一步提升。相反，朝鲜王朝的灭亡是既定的，是外部力量强加实现的。因此，廉尚燮不得不对这种近代化深表怀疑。

（略）但如果忘记了这一切都是建立在人的机械化这一条件之上的话，就应该重新回到理念上来。（略）不考虑现代文明从其顶点发生转变，怎能谈论人类的命运。从机器中解放——从现代文明中解放——那是回归自然的道路。回归自然法则，那便是资本主义生活规律的破坏，资产阶级的灭亡。[3]

这段话源自廉尚燮一篇批判以机械文明为代表的近代化的文章。当然，其中不乏对殖民地近代化社会的怀疑，但他已经对近代本身表现出了不信任。

可以看出，封建王朝的灭亡赋予了两位作家不同的现实感。如果说封建大家族的压迫促使巴金留学法国，那么殖民地朝鲜这一更为压抑的社会大环境则促使廉尚燮留学日本。当然，朝鲜社会的封建性也是促成其留学的原因，但究其根本，与巴金不同，廉尚燮从一开始就必须以亡国民的身份留学吞并自己祖国的“敌国”——日本。

综上所述，法国和日本留学赋予了作家巴金和廉尚燮完全不同的精神气质。巴金获得了眺望世界的自信和小说家活跃精神[4]，而廉尚燮则很难获得这样的自信和活跃。因此，他的小说创作没有一开始就选择直面世界，而是经历探寻内心世界的初期三部曲，以及《万岁前》的旅程后，才开始面对现实。但这并没有使其成为碌碌无为的小说家。反而这种面向世界的苦难的创作过程使他获得了一种没

[1] 巴金. 文学生活五十年 [M]// 巴金论创作. 上海：上海文艺出版社，1983：13-16.

[2] 巴金.《灭亡》作家自白 [M]. 上海：上海文艺出版社，1983：5.

[3] 廉尚燮. 民族、社会运动的唯心考查——反动、传统、文学的关系 [M]// 韩基亨，李惠铃. 廉尚燮文章全集：第1卷. 首尔：晓明出版社，2013：533.

[4] 陈思和和李辉将巴金小说的创作过程分为不自觉时期（1922.7~1930.7）、感性爆发时（1930.7~1941.12）、风格稳定时期（1942.1~1946.12），并揭示了创作风格从英雄主义色彩浓厚的浪漫主义到朴素的现实主义的过程。宣扬爱情与革命的“爱情三部曲”和“革命三部曲”大体上属于浪漫主义色彩浓厚的第1、2时期。相反，从批判家长制的《家》，再到批判社会现实的《寒夜》，创作大体上从第2期到了第3期。但可以肯定的是，在一过程当中，只有创作风格发生了变化，想要面对世界的作家意识并没有改变。陈思和，李辉. 巴金研究论稿 [M]. 上海：复旦大学出版社，2009：136-160.

有怜悯和爱意，反而能够冷静地捕捉人物内心的姿态。

第二节　西方文学影响和东亚作家的个性

巴金和廉尚燮都是很小就接触了西方的近代文学，这对日后作家气质的形成起到了非常重要的作用。所以，有必要了解一下两位作家的西方文学的接受情况。

巴金在文学启蒙期，曾通过个人授课的方式接触过英国小说[1]，之后随着五四新文化运动及法国留学体验，接触到了更为广泛的西方近代作家及文学作品。特别是留法经历对巴金的文学创作产生的尤为重要的影响。这其中，相比小说的创作技巧，影响更为深刻的是小说的内容。

> 在创作小说时，我从来没有考虑过创作方法、表现手法、技巧等。我想的只有一个问题。那就是如何让人生更美好，如何成为更好的人，如何让读者受益，为社会、为人民做出贡献。[2]
>
> 现在的文科生认为但丁、莎士比亚、歌德等作家很伟大，但我更喜欢屠格涅夫、托尔斯泰、陀思妥耶夫斯基和佐拉。最近中国的某位新人批评家曾“严肃”地说，他们不是“纯作家”。尽管如此，我还是觉得他们比但丁、莎士比亚等大文豪更可爱。[3]

在第一段文章中，虽然巴金曾说自己完全没有考虑小说的形式，但这也只是相对于小说内容层面时，略显谦虚的话语。他关注的毕竟是“为人生”“为社会”的文学，而不是“为艺术”的文学。因此，“如果思想错误或所知甚少，那么无论多么用心地关注文字，都无法写好文章”[4]。

从第二段文章中可以看出，巴金对19世纪中后期的俄罗斯批判现实主义文学[5]显示出极大的好感。1922年，巴金曾翻译俄罗斯作家迦尔洵（Vsevolod Mikhailovich Gaŕshin，1855—1888）的短篇《信号》，发表在《草堂》文艺月刊上。他强调，通过翻译这部作品，迦尔洵的“人道主义精神”深深地影响了自己一生[6]。不仅如此，他的长篇还受到托尔斯泰（Lev Nikolayevich Tolstoy，1828—1910）和屠格涅夫（Ivan Sergeevich Turgenev，1818—1883），短篇受到了果戈里

[1] 徐开垒．巴金传 [M]．上海：上海文艺出版社，1991：38.
[2] 巴金．文学生活五十年 [M]// 巴金论创作．上海：上海文艺出版社，1983：16.
[3] 巴金．片段的记录 [M]// 巴金全集：第 12 卷．北京：人民文学出版社，1989：442-443.
[4] 巴金．主要是思想内容 [M]// 巴金全集：第 19 卷．北京：人民文学出版社，1993：21-22.
[5] 李赋宁．欧洲文学史：第二卷 [M]．北京：商务印书馆，2001：337，608.
[6] 巴金．《巴金译文选集》序 [M]// 巴金全集：第 17 卷．北京：人民文学出版社，1991：300.

（Maxim Gorky，1868—1936）的影响。而巴金之所以被这些俄罗斯作家的作品所吸引，完全是因为它们始终如一地探讨“人的问题”[1]。

实际上，他翻译最多的是屠格涅夫的作品[2]。法国自然主义作家佐拉也为巴金提供了不少文学滋养[3]。留法期间，巴金曾涉猎过罗曼·罗兰、佐拉、雨果、卢梭、巴尔扎克等作家的作品。实际上他从佐拉的作品《卢贡 - 马卡尔家族》中得到了启发，创作了包括《家》在内的一系列长篇。特别是受其中的《萌芽》的影响，实际上还创作了一部类似题材的小说，名为《沙丁》。不仅如此，他曾说自己在小说创作中使用的心理描写手法受到了卢梭《忏悔录》的影响[4]。

从内容上看，迦尔洵的作品以俄土战争后的俄罗斯社会为背景，屠格涅夫的作品大体上以封建农奴制社会为背景，以不同阶层的人物为主人公。虽然他们阶级不同，但同样受到封建专制统治的迫害。其中有与以极端复仇的人物形成鲜明对比，接受现实的人物（《信号》，谢苗 · 伊万诺夫），也有冷峻地看待世界万物的人物（《父与子》，巴扎罗夫），有忍受不公、压迫、剥削，终以善良的品行生活的人物（《猎人笔记》，农奴），也有为了争取弱小民族独立而从事革命的人物（《前夜》，英沙罗夫）。他们都在精神或肉体上遭受了制度带来的不公、压迫、剥削。同样，在试图通过一个家庭的历史揭示一个时代面貌的左拉的《卢贡 - 马卡尔家族》中，多个阶层的人物作为主人公登场，如实地展现了资产阶级社会存在的各种问题，如贫富差距、家庭矛盾、阶级矛盾。这些作品都试图通过“人的问题”直接或间接地揭露社会制度滋生的弊端。巴金吐露自己深受这些作品的影响，意味着他并没有对这些作品中涉及的社会问题乃至当时中国的社会问题视而不见。

除了西方的作家之外，中国作家中对巴金影响最大的应该是鲁迅[5]。巴金曾经无数次地说自己喜欢鲁迅的作品。曾立志想要追寻鲁迅走过的路的巴金共鸣于其特有的社会批判眼光。

> （略）三年前一位法国作家到我家里来闲谈。他跟我谈起鲁迅先生的短篇，又转到用第一人称写小说的问题；他问我，如果写自己不大熟悉的人和事情，用第一人称写，是不是更方便些。我回答：“是。”我还说，屠格涅夫喜欢用第一人称讲故事，并不是因为他知道得少，而是因为他知道得太多，不过他认为只要讲出重要的几句话就够了。

❶ 巴金．我们为什么热爱苏联文学 [M]// 巴金全集：第 19 卷．北京：人民文学出版社，1993：467.

❷ 黎舟．巴金与屠格涅夫 [J]．福建师范大学学报（哲学社会科学版），1982（4）：60.

❸ 陈思和，李辉．巴金研究论稿 [M]．上海：复旦大学出版社，2009：186.

❹ 巴金．答苏黎世电台记者问 [M]// 巴金全集：第 19 卷．北京：人民文学出版社，1993：609-611.

❺ 巴金．谈文学创作 [M]// 巴金全集：第 19 卷．北京：人民文学出版社，1993：617.

> 鲁迅先生也是这样，他对中国旧社会知道得多，也知道得深。（略）还有，鲁迅先生的《呐喊》和《彷徨》以及他翻译的短篇都可以说是我的启蒙先生。❶

> （略）感到寂寞。幸而他带着几本书，一路上读着，特别是鲁迅的《呐喊》，这本新出版的红封面的小说集，里面有的作品如《狂人日记》，他早在《新青年》杂志上读过，但他还是一遍两遍读着，他觉得这些短篇小说，为他提供了各种人物形象，还为他提供了许多值得思索的社会问题。❷

有趣的是，鲁迅翻译的《域外小说集》中收录了迦尔洵的短篇《四日》。巴金强调喜欢鲁迅的作品。是否可推测，巴金通过鲁迅作品间接地接触到了迦尔洵，此后，进一步阅读了他的作品，最后翻译了短篇小说《信号》。虽然在上面的文章中，巴金自称受到鲁迅小说第一人称叙事手法的影响，但对其影响更为深远的是鲁迅小说的内容，特别是各种人物形象所涉及的社会问题。文章中提到，巴金年轻时从鲁迅的《呐喊》和《彷徨》中获得了很多启发。《阿Q正传》就是一个很好的例子。这部作品的最后的片段设定为主人公阿Q被打上革命党人的烙印后被斩首。重要的是，在斩首的过程中捕捉到的民众的形象。他们始终像市集上的观众一样看着，表现出与自己毫无关系的态度。通过捕捉这种愚昧无知的民众形象，鲁迅试图表现民众的劣根性。这一点在巴金的处女作《灭亡》中也类似地出现在革命党张为群被斩首的环节。民众对此的看法也与鲁迅的《阿Q正传》相似。这里出现的民众也表现出了与自己无关的精神状态。他们只是以一贯的好奇心，津津有味地观看斩首场面，甚至荒唐地讨论如何才能一次就砍掉头。民众的这种态度与“为群”这一革命党人的名字形成了巨大的反差，小说就产生了戏剧性的效果。巴金重视小说的形式及创作手法，同时也重视小说的内容。他想通过小说表达人生、社会问题来把握时代潮流。他说自己作品的思想主要是“人道主义、爱国主义或两者的结合”❸。可以看出，巴金这种重视人的自由和平等的意识进一步与社会、民族问题联系在了一起。

廉尚燮也和巴金一样，从小就接触了近代文学。但是考虑到殖民地这一特殊的外部环境，通过“日本”这个媒介接触的情况比较多。这种倾向随着前往日本留学，接触系统的教育，进一步内化。

> （略）少年时期的后半段我远离了“韩国化”的东西。这更为不利。
>
> 例如，在文学上品味《春香传》之前，我读了德富芦花的《不如归》，

❶ 巴金．谈我的短篇小说 [M]// 巴金全集：第 20 卷．北京：人民文学出版社，1993：521.

❷ 徐开垒．巴金传 [M]．上海：上海文艺出版社，1991：70.

❸ 巴金．答苏黎世电台记者问 [M]// 巴金全集：第 19 卷．北京：人民文学出版社，1993：608.

在母亲读李仁直的《雉岳山》时，只是在旁边偷偷地抹了泪，曾将尾崎红叶的《金色夜叉》读给寄房东母女听。这对于文学启蒙，对于作为韩国人的我个人来说，是件极其丢人的，甚至是不幸的事。日本作品，我喜欢夏目簌石、高山樗牛，所以两人的作品几乎都读完了。不可否认，由于当时日本处于自然主义全盛时代，所以，无论是思想上，还是手法上，都受到了这些作品不小的影响。（略）早期文学知识的启蒙主要是从《早稻田文学》（月刊）中获得的。（略）从《萨洛梅》、《蒙纳班纳》、《哈姆雷特》、《威尼斯商人》开始，除了观剧的需要外，还被会话的妙趣吸引而勤奋地阅读。越过那个难关，虽接触了小说的大作，但大部分都是俄罗斯作品，而不是英、法的作品，比起托尔斯泰和屠格涅夫，我更喜欢陀思妥耶夫斯基和高尔基。❶

通过上面的表述可以确认以下几点：第一，廉尚燮强调对本国文学经典的重视。他怀着对西方文明的憧憬，在前往日本接触新式文化的同时，接触了日本的近代小说，同时回顾和反省当时受自然主义思潮影响的年轻时代。殖民统治不仅涉及政治、经济、军事，还涉及文化领域。特别是在文化领域，因与日常生活有着密切的联系，所以通过文学渗透到文化的方式进行的殖民统治，后果非常可怕。因此，廉尚燮想说，至少要了解本国的文化，才能在一定程度上摆脱文化殖民统治。第二，廉尚燮接触近代文学时，日本正处于自然主义思潮的鼎盛时代，因此，他自然也不能完全摆脱这种影响。但他没有盲目地接受自然主义思潮，而是把它内化为自身的东西。他考虑的是这种文学思潮的表现技巧。即虽学习细致的描述、精致的技巧、周密的观察，但并没有一味地接受❷。一方面提倡“努力按照现实本身去观察现实世界”❸，另一方面提倡“个性的表现，个性的活跃蕴含着艺术美”❹。《个性与艺术》可以说是这种思维方式的集大成。第三，可以看出月刊《早稻田文学》在廉尚燮的文学启蒙阶段中起到了重要的媒介作用。第四，与英国、法国相比，廉尚燮更倾向于俄罗斯小说，具体来讲，是陀思妥耶夫斯基的和高尔基的。这里要指出一点，那就是廉尚燮对迦尔洵和屠格涅夫小说的“热爱”。实际上，他指出日本的近代文学因缺乏苦恼而缺乏深度，因此，只有在“大陆之风”和“沉痛苦恼”的洗礼下，才能诞生真正有深度的文学，并期待将来朝鲜一

❶ 廉尚燮．文学少年时代的回想 [M]// 韩基亨，李惠铃．廉尚燮文章全集：第 3 卷．首尔：晓明出版社，2014：308-309.

❷ 廉尚燮．需要学习的是技巧——日本文坛杂观 [M]// 韩基亨，李惠铃．廉尚燮文章全集：第 1 卷．首尔：晓明出版社，2013：633.

❸ 廉尚燮．个性与艺术 [M]// 韩基亨，李惠铃．廉尚燮文章全集：第 1 卷．首尔：晓明出版社，2013：190.

❹ 廉尚燮．个性与艺术 [M]// 韩基亨，李惠铃．廉尚燮文章全集：第 1 卷．首尔：晓明出版社，2013：198.

定会出现好的文学。

考虑到中国近代文学对朝鲜的影响相对较少，这里他所说的“大陆”指的就是俄罗斯。实际上，廉尚燮翻译了俄罗斯作家迦尔洵的《四日》(《开辟》，1922.7）和屠格涅夫《密会》(《东明》，1923.4.1)，甚至长篇《爱与罪》还借用了《前夜》的主题❶。不仅如此，对于左翼文学的集体意识，他以《猎人笔记》举例，强调了个人意识的重要性❷。可见，俄罗斯小说对留学时期的廉尚燮产生了极大的影响。当然，这里虽有表现技巧上的影响，但更重要的是这些小说所包含的主题。《四日》可以说是典型的反战小说。作者通过这部小说谴责了俄土战争的残酷，强调了生命的珍贵。《密会》是屠格涅夫小说集《猎人笔记》中的一个短篇。这本小说通过主人公“我”观察到的，以沙俄为背景的农奴一系列的悲惨故事组成。作者通过这本小说集对比了农奴制的残忍和农奴们的善良，强调了前者的不合理性，进一步说明了改革的必要性。不仅如此，争议作品《前夜》还被韩国知识分子接受、变化为殖民地解放叙事❸。可以说，这些小说都描述了变革前俄罗斯社会的各种问题，极富时代感。

这些讲述新旧价值观对立及阶级矛盾对立的小说，其氛围大体上并不明朗，也很阴暗，这与殖民地朝鲜的社会氛围也有几分相似。实际上，纵观廉尚燮的整个小说世界的精神世界，用“阴郁”一词概括也不为过。

并不是说作家的性格、生活或天分不支配作品和作品的内容。但是，文艺作品并不是仅凭作家的性格、生活和天分就能构成的。其主题不仅在于该民族的生活、其民族性、其时代相、其社会相、其地理关系，而且作家自身的生活、性格和天分也不是与该时代、该社会没有交集，而是或多或少受到影响。因此，如果我的作品真的是苦涩沉闷，在低气压下呻吟的话，那可能是因为我的性格、生活、天分等原因，但同时也确实受到了民族、时代、社会、地理等所有条件的影响。❹

廉尚燮主张，文艺作品的主题不仅与作家个人的性格、生活有关，而且与民族、时代、社会、地理条件也有不可分割的关系。因此，在他看来，即使作品有作者自己的风格，也不能完全摆脱反映时代、民族、社会状况的氛围。

此外，还有一点需要指出，除了第一次日本留学时期自然主义文学思潮外，

❶ 孙成俊. 与翻译苦斗的时间——廉尚燮早期的翻译及小说文体的变化 [J]. 韩国文学论丛，2014（67）；金庆洙. 廉尚燮小说和翻译 [J]. 语文研究，2007（35）.

❷ 廉尚燮. 文坛上的集体意识和个人意识 [M]// 韩基亨，李惠铃. 廉尚燮文章全集：第 2 卷. 首尔：晓明出版社，2013：76.

❸ 孙成俊. 翻译与殖民地经典的诞生——以屠格涅夫的《前夜》为例 [J]. 国际语文学会学术大会资料集，2015（1）.

❹ 廉尚燮. 作品的明暗 [M]// 韩基亨，李惠铃. 廉尚燮文章全集：第 2 卷. 首尔：晓明出版社，2013：47.

廉尚燮文学气质的形成还受到了白桦这一文学流派的影响。该文学流派的成员大部分由“官二代”或“财阀二代”组成，尊重个性和人格、信奉正义、同情弱者。理想主义、人道主义性质极强的该流派的代表人物有岛武郎、武者小路实笃、志贺直哉。金允植指出，廉尚燮早期的小说三部曲借用了志贺直哉小说创作方法——“无谎言”和“独白体”，并以有岛武郎的中篇《诞生的苦恼》及《石头下的小草》为原型[1]。但廉尚燮早期的作品风格并没有持续太久。中篇《向日葵》之后，随着悲剧性自我的形象从小说中消失，表现个性的第一人称及选择性全知视角的叙事者也一起消失[2]。用廉尚燮的话来说，“白桦派作家们既不坚持无抵抗主义，又不具备斗争意志，对现实缺乏认识，或者说从一开始就偏于悠闲，只渴求生命的根基、理想的大本。这一点，我是无法认同的”[3]。不仅如此，止于“身边平凡琐碎之事”[4]的小说还不足以记录朝鲜的“苦恼”。考虑到这些因素，俄罗斯的小说显得更为亲切，可以说是极其自然的事。

由此可以看出，巴金和廉尚燮对西方的近代文学，更具体地说，是对 19 世纪俄罗斯批判现实主义文学，具有高度的认同感。某种意义上讲，这也是自然的。近代小说虽是西方文化的体裁，而近代的源头又在英国和法国等国家，但东亚的现实情况比较特殊，并不能马上汲取这一文学形式的养分。因此，不难推论，在欧洲，描写相对“落后”俄罗斯社会矛盾的小说反而更能引起东亚近代早期文人们的共鸣。这些作家一边对近代的自我和个性进行探索，一边又通过俄罗斯小说了解到个性的表现在东亚社会是多么艰难。这就是东亚作家受西欧影响形成的独特的作家个性：对于围绕自身的社会及时代的落后性的痛苦认识。

当然，对于艺术作品来说，最起码的艺术美保障是不言而喻的，但巴金和廉尚燮都警惕了沉迷于文学的技巧或形式。两位作家都从西方近代文学（日本近代文学）那里接受了技巧方面的影响（第一人称、独白体），但并没有沉迷于此，坚守小说这一文学体裁需要反映本国的时代、社会、民族相的原则。通过向西欧这一牵引无法自立的民族和社会现实的暴力的根源地学习的过程中，这些作家痛苦地记录了本国的落后性。对西方的学习很快引发了对民族和社会的强烈认识，这是东亚作家们的宿命。熟读俄罗斯小说，但他们的作品不得不比俄罗斯作品更加闭塞和黯淡，便源自东亚作家的这种特殊性。

---

[1] 金允植．廉尚燮研究 [M]．首尔：首尔大学出版部，1987：139-184.

[2] 金明仁．文学近代的自我意识 [M]．首尔：晓明出版社，2016：168.

[3] 廉尚燮．需要学习的是技巧——日本文坛杂观 [M]// 韩基亨，李惠铃．廉尚燮文章全集：第 1 卷．首尔：晓明出版社，2013：631.

[4] 廉尚燮．需要学习的是技巧——日本文坛杂观 [M]// 韩基亨，李惠铃．廉尚燮文章全集：第 1 卷．首尔：晓明出版社，2013：632.

第三章　作家个性的现实及内化倾向

第一节　政治自觉性影响下作家个性凸显的张力

巴金真真切切地经历了“国外”（法国）留学，能够在一定程度上确保政治自主性，而廉尚燮则不同，虽然为了经历近代化而离开朝鲜，但始终没有摆脱帝国这一框架，仍然要经历其秩序的存在，在政治方面无法确保自主性。因此，廉尚燮的作家个性相较于巴金，相对沉闷闭塞，在承认现实的基础上，朝着更为广阔的内心扩张。

对于以儒教为基础的中韩两国的封建社会来说，近代社会带来的划时代的价值观念之一就是“人”或“个人”的发现，实际上这也一直作为区分两种社会的一个标准。文学的情况也不例外。与过去传统文学追求的集体理念不同，在资本主义市场经济基础上形成的近代文学尊重个人的价值。尊重个人价值的理念经过西方宗教改革、文艺复兴、启蒙运动，到近代法国大革命，取得了丰硕的成果。法国大革命以“自由”“平等”“民主”“博爱”等和天赋人权说为口号，可以说是确立资本主义民主共和体制的一次划时代的思想解放运动。该运动的主体不是贵族，而是作为“第三阶级”的市民。以此为契机，近代文学变得更加活跃。

实际上，从中韩两国近代文学开拓过程中发挥重要作用的第一代作家如李光洙和鲁迅身上就可以看出这一点。强调自由恋爱和近代化教育的李光洙、批判国民愚昧和无知的鲁迅，都把切入点放在了启蒙上。虽然最终他们都指向社会，但社会也是以人际关系为基础形成的各种关系的集合，其发展与否取决于最基本的构成要素——人。因此，从“自下而上的关系”来看，两位作家都重视作为基层的“人”，因此应该在这样的背景下理解他们提倡的启蒙文学。

巴金也是在尊重人的个性、批判封建礼教的五四新文学运动的襁褓中成长起来的作家，他继承了其精神，把自己文学创作的出发点放在人的“情感”上。

在过去那些黑暗的年代里，我有话讲不出来，有感情无法宣泄，而心中的爱憎必须倾吐，因此我不能不多写，越多越好。[1]

我有感情必须发泄，有爱憎必须倾吐，否则我这颗年轻的心就会枯死。所以我拿起笔来，在一个练习本上写下一些东西来发泄我的感情，倾吐我的爱憎。[2]

我不是为想做文人而写小说。我是为了自己（即如我在序言中所说是写给我的哥哥读的），为了申诉自己的悲哀而写小说。[3]

在以上三段文章中，巴金反复强调的词就是以“爱憎”“悲哀”为基础的“情感”，实际上他进行小说创作也是在这种“情感”的驱使下完成的。鲁迅也提到过他是“有热情的有进步思想的作家”[4]。“情感”可以说是从发生论层面理解巴金文学的重要纽带。在文学创作上，与其他作家不同，巴金不是事先想好周密的结构，根据其结构安排人物或事件，而是根据“情感”的起伏“即兴”完成创作。当然，在文学作品的创作中，情感是一个非常重要的因素，但并非所有的情感都能转化为文学作品，必须经过艺术化的过程。下面听一听巴金的创作谈。

在一九三〇年七月的某一夜里，我忽然从梦中醒了，在黑暗中我看见了一些悲惨的景象，我的耳边也响着一片哭声。我不能再睡下去，就起来扭开电灯，在清静的夜里一口气写完了短篇小说《洛贝尔先生》。我记得很请楚，我搁笔的时候，天已经大亮了。我走到田野里去呼吸新鲜空气，用我的略带困意的眼睛看天空。浅蓝色的天空中挂着大片粉红的云霞……[5]

巴金吐露，因在梦境中目睹了悲惨情景，随着感情的跌宕起伏，把那种心情一泻千里似的文字化。通过这一过程，他吐露了心中的愤懑，重新找回了平静。从上面的文章中可以看出，完成创作后，巴金的心情就像是“浅蓝色的天空中挂着的大片粉红的云霞”。托尔斯泰将艺术活动“唤起自己内心之前已经体验过的情感，然后将这些情感通过动作、线条、色彩、声音和语言表达的形象传达出来，让其他人能够共鸣同一种情感”[6]。这些解释可以用以更好地理解巴金文学创作的这种特点。巴金的“情感”不是毫无根据或凭空想象，更不是无病呻吟，而是源于过去生活中不断积累的“郁结”。而且它超越个人、民族，面向全人类，具有普遍性。

我觉得当你说“《复仇》里所表现的‘人类共有的悲哀……却偏偏

---

❶ 巴金．《谈自己的创作》小序 [M]// 巴金论创作．上海：上海文艺出版社，1983：177.

❷ 巴金．谈灭亡 [M]// 巴金论创作．上海：上海文艺出版社，1983：180.

❸ 巴金．灭亡作者的自白 [M]// 巴金论创作．上海：上海文艺出版社，1983：6.

❹ 鲁迅．答徐懋庸并关于抗日统一战线的问题 [M]// 鲁迅全集：第 6 卷．北京：人民文学出版社，2005：556.

❺ 巴金．谈我的短篇小说 [M]// 巴金论创作．上海：上海文艺出版社，1983：311.

❻ 列夫·托尔斯泰．艺术论 [M]．丰陈宝，译．北京：人民文学出版社，1958：47.

是中国人所万万不会有的悲哀，”时，你并不了解我在《复仇》自序中写的那段话的意义。我明白地说过，人类所追求的都是同样的东西——青春，生命，活动，爱情，不仅为他们自己，而且也为别的人。……失去了这一切以后所产生的悲哀，乃是人类共有的悲哀。❶

在自己的第一本短篇小说集《复仇》的序言中，巴金反复强调自己的感受是个别的，同时也是人类普遍的。实际上，该小说集由 14 篇短篇组成，主人公是外国人，对此，《现代》杂志的编辑表示无法表达“中国人的悲哀”。对于小说中出现的外国人，巴金强调“有被战争夺去了爱儿的法国老妇，有为恋爱所苦恼的意大利的贫乐师，有为自己的爱妻和同胞复仇的犹太青年，有无力升学的法国学生，有意大利的亡命者，有薄命的法国女子，有波兰的女革命家，有监牢中的俄国囚徒。他们同是人类的一份子，他们是同样具有人性的生物。他们所追求的都是同样的东西——青春，活动，自由，幸福，爱情❷，不仅为他们自己，而且也为别的人，为他们所知道、所深爱的人们。失去了这一切以后的悲哀，乃是人类共有的悲哀。”因此，失去想要追求的东西后产生的，可以说是超越个人、民族的，“人类能够感同身受的悲哀”。

巴金之所以对“悲哀”如此敏感，究其原因，虽然也有封建家长制带来的伤害，但在信仰（无政府主义）和半殖民地中国社会现实之间发生的矛盾同样不可忽视。这种伤害和矛盾不是独立，而是相互关联，都是在上述人类追求青春，活动，自由，幸福，爱情等理想的过程中受挫而产生的。因此，这种“悲哀”具有普遍性。

（略）有一个时期我特别喜欢当时所谓“被压迫民族”（当时更习惯用“弱小民族”这个不大适当的字眼〉的作家们写的短篇小说：它们字数少，意义深，一字一句都是从实际生活里来的。那些作家把笔当作武器，替他的同胞讲话，不仅诉苦，伸冤，而且提出控诉，攻击敌人，那些生活里充满了苦难、仇恨和斗争，不仅是一个人的苦难和仇恨，而且是全体人民的，或者整个民族的。那些作家有苦要倾吐，有冤要控诉，他们应当成为人民或民族的代言人。❸

认同弱小民族作家的作品，意味着巴金也无法回避民族问题。虽然无政府主义思想的目标是创造一个扬弃国家和民族的理想未来，但对中国而言，必然受到各种现实因素的制约，其中之一就是自 1848 年半殖民地的情况开始以来，由帝国主义殖民统治引发的民族问题。巴金曾在一篇论述无政府主义现实问题的文章

❶ 巴金．我的自剖——给《现代》编者的信 [M]// 巴金论创作．上海：上海文艺出版社，1983：15-16.

❷ 巴金．《复仇》序 [M]// 巴金全集：第 9 卷．北京：人民文学出版社，1989：3-4.

❸ 巴金．谈我的短篇小说 [M]// 巴金论创作．上海：上海文艺出版社，1983：302.

中提到，虽然对于战争，无政府主义者大体上持反对立场，但被压迫阶级反对压迫阶级的战争，无产阶级反对资产阶级的战争，殖民地反对殖民宗主国的战争，虽然在其目的和理想上与无政府主义有相当大的距离，但应该支持。[1] 在这样的背景下，在理解上述内容时，可以看出巴金的无政府主义思想早已超越了最初，与半殖民地的中国现实相结合，具有了以民主主义为基础的革命性质。因此，与传统的无政府主义者不同，他看待民族问题的视角更为开放。

巴金把个人的“情感”作为自己文学创作的出发点，但不仅限于此，还把它提升到民族、人类这个更高的层次，从而获得了普遍性。这种“情感”的获得源于重视个人或人的价值，但更重要的是要以能够提前洞察现实的觉醒为前提。对于经历了半殖民地中国社会的封建性和殖民性，为了建设以人类爱为基础的更好的理想社会，以反帝、反封建为目的接受无政府主义思想的巴金来说，获得这种“情感”或许是理所应当的。

廉尚燮以自我的觉醒和个性的解放为文学创作的起点，可以说这一点自始至终贯穿于他的文学论。首先来看他早期文学论的集大成之作《个性与艺术》（《开辟》，1922.4）。在韩国近代文学史上，这篇评论被称为“最早的自然主义宣言”[2] 的文章以“自我觉醒”为首，大致分为两部分。一部分是对于自我觉醒，以及以此为基础产生的自然主义、个人主义思潮的解释，另一部分是对从自我觉醒中衍生出来的个性及其与艺术之间关系的论述。原文共分三章，第一、二章属于第一部分，第三章属于第二部分。廉尚燮首先强调了“自我觉醒”的重要性，将其视为“近代文明精神所有收获中，最本质、最具重大意义”[3]。于是，通过自我觉醒，经过文艺复兴、宗教改革、法国大革命，人们在教权威慑中获得解放的同时，对周围事物的态度也经历了与以往完全不同的新变化。

（略）于是自觉的彼等，首先否定了伪善的一切权威，打破了偶像，打败了超自然的一切，努力把现实世界看得像现实一样。此外，这种思想在以自然之势引起信仰动摇的同时，也怀疑了神圣、伟大、绝对、崇拜等用语的意义。也就是说，到目前为止，一切看起来都像是准备好的、伟大的、虔诚的，一旦用觉醒之人的眼仔细解剖和研究，就会发现是丑陋的、平凡的、庸俗的。[4]

廉尚燮把源于自我觉醒的精神状态称为“幻灭的悲哀”或“揭露现实的悲

❶ 巴金．无政府主义的实际问题 [M]// 巴金全集：第 18 卷．北京：人民文学出版社，1993：113.

❷ 郑明焕．廉尚燮与左拉 [M]// 柳宗浩．廉尚燮．首尔：西江大学出版部，1998：43.

❸ 廉尚燮．个性与艺术 [M]// 韩基亨，李惠铃．廉尚燮文章全集：第 1 卷．首尔：晓明出版社，2013：189.

❹ 廉尚燮．个性与艺术 [M]// 韩基亨，李惠铃．廉尚燮文章全集：第 1 卷．首尔：晓明出版社，2013：190-191.

哀”，并主张这种思想影响下产生的思潮便是自然主义或个人主义。但他强调，自然主义不是“性欲至上的官能主义”，个人主义不是“肤浅的利己主义”，前者通过如实地展现人生丑恶的一面还原了人间的真相，而后者则专注于分定权威、打破偶像的近代精神。他还主张这两种思潮的共同特点都是以重视自我的觉醒和尊严为基础。廉尚燮将进一步的自我觉醒分为“人性的觉醒，或解放，人性伟大的发现”的一般层面和“个性的自觉，个性的尊严”的个人层面进行说明。关于“个性”，他称之为“每个人与生俱来的独特生命，即各自的个性”。

廉尚燮认为“人性”和“个性”都具有“生命的流露”这一共同点，所以应将两者纳入其中。他将“生命”定义为“可以无限发展的精神生活”。他把一般的精神生活看作是一般人性的表现，把崇高的精神生活看作是独特、伟大个性的表现。他认为，所有的理想和价值都是由伟大的个性创造，其本体是“以真、善、美为表征的伟大而永恒的事业面向人类取得成就”。至此，文章的第一部分解释了自然主义、个人主义思潮，以及来自自我觉醒的个性。

在论述艺术与个性时，廉尚燮在“美”中寻找联系。之前，他已经指出，个性的表现即意味着生命的流露，所有以“真、善、美”为代表的价值和理想都源于此。他关注的不是“快感”，而是“艺术”的美。这种艺术美源于生命流露过程中，灵魂的深处产生之物，而灵魂就是“个性的活跃和表现”。廉尚燮没有把艺术和个性的关系局限在个人层面，而是把它扩展到了民族层面。在他看来，高丽瓷器的曲线美就是朝鲜民族魂或民族精神的象征，这种魂或精神也直接意味着民族个性。[1]

廉尚燮在这篇文章中屡次强调的就是“自我的觉醒”，判断一个作家是自然主义作家和浪漫主义作家的依据也在于此。如果廉尚燮作为自然主义（现实主义）作家的判断依据源于因“自我的觉醒”，主张如实地看待和描述现实生活的黑暗面，那么作为浪漫主义作家的判断依据则源于强调“自我觉醒”带来的个性的无限发展。于是出现了原本在西方相隔一段时间，先后出现的两种思潮交融在一起的“独特现象”。对于这种“非同步的同时性”[2]，徐英彩作了如下解释。

> 浪漫主义和现实主义这两个相互对立的要素，通过自我觉醒这一媒介，以如此绝妙的面貌合二为一。从根本上看，这种现象与廉尚燮所处的时代状况有关。现实主义精神的出现，必须以个人的力量为前提，从所有外在权威中解放自己，但他的时代还没有充分拥有这种力量。如果考虑到当时处于近代化的边缘地带，而且还沦为日本帝国主义殖民地的

[1] 廉尚燮．个性与艺术 [M]// 韩基亨，李惠铃．廉尚燮文章全集：第 1 卷．首尔：晓明出版社，2013：191-198.

[2] 金明仁．韩国近代文学概念的形成过程——以“悲哀的感觉”为例 [J]．韩国近代文学研究，2005（5）：198.

当时韩国的半封建状态，这是理所当然的。但这些问题不只是廉尚燮及他所属时代的问题。如果不是靠自身的力量获得自主，并将之实践于政治文化的近代化中心，那么，任何人都只能以被外力所催或破坏的方式面临近代性。[1]

对还处于近代边缘的殖民地朝鲜知识分子廉尚燮来说，提出“自我”的近代性体验可以说是一种矛盾。它既不是西方的，也不是日本的，可以说是“在形成的同时被蚕食的，希望的同时又绝望的，出生时被判处死刑的，以非同时性的同时性的形式存在的自我”，或者说是“殖民地近代化的自我”。因此，这个“自我”大体上“幻灭的性格”[2]较强。

在这种背景下，如果理解廉尚燮的自然主义，那是与佐拉类打着“科学”的口号，极力排斥“主观”的自然主义相去甚远的日本式[3]，更具体地说，是更接近于“浪漫主义卢梭的自然主义”[4]。

同年7月，廉尚燮在《新生活》上发表的一篇名为《为了至上善》的文章中继续强调“自我的觉醒”。他在这篇文章的开头引用丹麦戏剧作家亨利·易卜生的《玩偶之家》的高潮部分，通过娜拉和赫尔默的对话揭露丈夫的虚伪。他这样评价毫不留恋地离开家庭的娜拉：“高调宣扬自我的确立和尊严，是新人的生命、新道德的基调，具有最高的意义”[5]。廉尚燮高度评价了娜拉“向一切旧的东西举起反抗的大旗，向一切新的东西大踏步迈进”的“叛逆精神”，并将以此为基础完成自我革命视为至上善的成就。他高度评价了重视自我尊严和个性自由的个人主义思想，同时指出了今日朝鲜封建家庭的弊端，强调了前者的必要性。

最后，廉尚燮在马克斯·施蒂纳那里找到了这种主张的理论依据，再次强调了以自我、个人为基础的自我主义、个人主义思想的重要性。在他看来，通过这一点，“私可以完成人格的伟大，公可以发挥自觉、有毅力、勇敢、彻底的奉献和牺牲精神，从而实现一个民族的繁荣、全人类的幸福”[6]。简而言之，以自我觉醒开始的廉尚燮的逻辑在接受自然主义思潮的同时，向拥护个性发展的浪漫主义方向拓展。这与传统意义上的西方自然主义不同，虽然也受到了重视个性的日本自然主义思潮的影响，但其中夹杂着殖民地体验。也就是说，这是“朝鲜式的自

[1] 徐英彩. 爱情的语法 [M]. 首尔：民音出版社，2004：141.
[2] 金明仁. 韩国近代文学概念的形成过程——以“悲哀的感觉”为例 [J]. 韩国近代文学研究，2005（5）：161.
[3] 徐英彩. 爱情的语法 [M]. 首尔：民音出版社，2004：144-145；沈正明. 韩国和日本的自然主义谈论比较研究》[D]. 首尔：首尔大学，41-52.
[4] 徐英彩. 爱情的语法 [M]. 首尔：民音出版社，2004：142.
[5] 廉尚燮. 为了至上善 [M]// 韩基亨，李惠铃. 廉尚燮文章全集：第1卷. 首尔：晓明出版社，2013：202.
[6] 廉尚燮. 为了至上善 [M]// 韩基亨，李惠铃 . 廉尚燮文章全集：第1卷. 首尔：晓明出版社，2013：205-223.

然主义”。

以上简单回顾了重视情感的巴金的文学论和重视个性的廉尚燮的文学论。两位作家都把重视人或个人的美德作为自己文学的出发点，并将其上升到民族和人类层面。而且最重要的是，巴金和廉尚燮都重视来自揭露现实后所产生的“幻灭”或“悲哀”的主观情感。

> 我的短篇小说的另一个缺点应该是：结局常常很阴暗，没有给读者指示一条出路。有几个朋友常常因此责备我。我承认这个过失。但是我也想在这里分辨一下。我虽然有信仰，但我并不是说教者，我不愿意在每篇文章的结尾都加上一个光明的尾巴。而且实际上那些真实的故事往往结束得很阴暗，我不能叫已死的朋友活起来，喊着口号前进。我只是把一个垂死的制度的牺牲者摆在人们的面前，指给他们看：“这儿是伤痕，这儿是血，你们看！”也许有些人会憎厌地跑开，但是聪明的读者就不会从这些伤痕遍体的尸首上看出来一个合理的制度的新生么？❶

这种心理状态，一般称之为“揭露现实的悲哀”或“幻灭的悲哀”。如此失去信仰，美丑的价值颠倒，致使揭露现实的悲哀减少，理想幻灭，人心失去了归趋，思想失去了中轴，彷徨混乱，在暗淡孤独中哭泣，但自我觉醒的眼睛却睁得更大。❷

为了展现制度不合理的一面，也就是“黑暗的一面”，巴金主张将受其害的牺牲者毫无修饰地摆在读者面前，展现赤裸裸的一面。

虽然没有经过系统的理论学习，但可以说与强调展现真实现实的现实主义基本精神相吻合。但他不仅仅是简单地展现了充满这种悲哀的阴暗现实，而是让读者从这些现实中看到了“制度的新生”。换句话说，他的意图是从“揭露现实的悲哀”转向新的“现实”。相反，对廉尚燮来说，在捕捉现实黑暗面的同时获得的是“信仰的缺失”“价值的颠倒”“理想的幻灭”等绝望的精神状态。虽然自我觉醒的眼睛睁开了，但与整体氛围的阴暗相比，其细微之处形成了鲜明的对比。所谓的“幻灭的自我”也应该在这样的背景下理解。对廉尚燮来说，从“揭露现实的悲哀”中得到的是“幻灭”本身。揭露现实，但在“有无未来（前景）”的十字路口，两位作家做出了不同的选择，这种差异源于半殖民地和殖民地的社会环境。与国家尚存，且留有实现近代化的一丝希望的巴金相比，廉尚燮在日本帝国主义殖民统治下切实感受到了国权的缺失。对他来说，近代犹如未知的未来。

通过两位作家小说中人物的变化过程可以确认这种情感和个性。在廉尚燮和

❶ 巴金. 我的自剖——给《现代》编者的信 [M]// 巴金论创作. 上海：上海文艺出版社，1983：16-17.

❷ 廉尚燮. 为了至上善 [M]// 韩基亨，李惠铃 . 廉尚燮文章全集：第 1 卷. 首尔：晓明出版社，2013：191.

巴金的早期作品中，可以发现呼吁自我觉醒和个性解放的主人公。更具体地说，是《标本室的青蛙》中的金昌亿、《除夜》中的贞仁、《暗夜》中的“他”、《灭亡》中的杜大心、《新生》中的李冷、爱情三部曲中的吴仁民和李佩珠。他们都是在封建及殖民地性质浓厚的环境中梦想摆脱困境的人。

金昌亿的疯狂源于三一运动失败后压抑的社会氛围，更具体地说是帝国殖民统治及本国浓厚的封建性。这样一来，观察着金昌亿的，头脑明晰的“我”始终饱受无力症的折磨，除了酒精之外没有什么值得留恋的。因为“酒精以上的效果？……是疯癫？是信念？只有这两种”[1]，所以在信念全无的情况下，如果不疯癫，那么只能无力。因此，“北极哲人、南浦狂人”[2] 金昌亿用 3 元 50 分钱建造三层楼，宣扬托尔斯泰主义和威尔逊主义等令人无法理解的行为，应该用强烈的个性来理解。贞仁借用书信这一独特的形式批评了封建家长制的弊端。在写给丈夫的信中，她回顾了自己过去的行为，表现出悔恨，同时猛烈抨击了封建家长制。不仅如此，在作品结尾，她以自杀这种极端的手段凸显自己强烈的个性。

《暗夜》中出现的“他”在母亲的催促下走离家门，前往临婚的二表哥家。在这种情况下，他拜访了朋友的家。他批评没有爱情的婚姻犹如米豆生意，可怜和自己订婚的女人，目睹朋友们堕落的样子，终于发现这种生活缺乏真诚。值得一提的是，“他”将“瘸腿少年”等同于自己。这部作品中的瘸腿少年想要放风筝，但风筝一直翻跟头。彻底被帝国这个外部世界的力量所驱动的殖民地京城（首尔）的面貌，如同无法拥有飞翔能力的瘸腿少年。确切地说，就像瘸腿少年的风筝一样，殖民地小说家很难确保眺望世界的任何视角。这与廉尚燮早期三部曲共有的阴郁闭塞的氛围相吻合。他的小说克服这种闭塞，开始直面现实要等到《万岁前》这一作品。到了描写从日本这一未知的世界去往朝鲜这一已知世界旅行的这部作品，廉尚燮才冷静地把朝鲜的现实作为一个客观事实来对待，克服早期小说中的闭塞性。但这些早期小说的闭塞性有自身的意义，因为通过内心的沉淀，塑造了与世界不和的个性强烈的人物形象。因此，廉尚燮早期作品中出现的主人公的内心世界在其闭塞性被克服、扬弃的过程中，成为之后作品能够冷静地描述世界的基础。

经过初期的三部曲，到了《万岁前》，廉尚燮小说中的主人公们面对的不再是内心，而是殖民地现实。像在《除夜》中追求强烈个性的贞仁这样的女性，到了《向日葵》，也会变成考虑利害关系而结婚组建家庭的英姬这一类现实人物。当然，在《你们得到了什么》中，年轻男女们也在谈论个性的解放、鼓吹自由恋

---

[1] 廉尚燮．标本室的青蛙 [M]// 金庆洙．廉尚燮短篇小说选．首尔：文学与知性社，2016：22.

[2] 廉尚燮．标本室的青蛙 [M]// 金庆洙．廉尚燮短篇小说选．首尔：文学与知性社，2016：41.

爱，但作者借新闻记者钟焕的嘴尖锐地批评了他们的浮躁。除了讴歌真挚爱情和民族独立的《爱与罪》外，到了《三代》，就出现了个性更着眼于现实的人物。在突出德基和炳华的关系的同时，把重点放在借用叙述者的声音赞同前者，或将叙事的焦点放在家庭内部发生的以金钱为媒介的人的欲望上。这都需要在这样的脉络中理解。因此，个性的叙事逐渐演变成体现现实的家族叙事。

在“革命三部曲”“爱情三部曲”中，追求革命的主人公们到了后期就会逐渐与现实相遇。《一个女人》（《文学》第 1 卷第 1 号，1933.7.1）中出现了过去从事革命，但现在和丈夫组建家庭，并过着育儿生活的女性人物。虽然对过去的革命事业还有迷恋，但妻子和母亲的身份最终让她重新回到了日常生活中。《还魂草》（《文艺杂志》第 1 卷第 1 期，1942.1.15）中，因邻居家被日军轰炸而家破人亡，小小主人公“我”感到伤心，并怀念过去两家人在一起有说有笑的温馨画面。

包括《家》在内的“激流三部曲”通过觉新和觉慧两个人物展现了高氏家族内部发生的一系列事件。特别是，与《家》中谈论个性，以离家的方式远走他乡的觉慧不同，觉新以现实的面貌贯穿于三部曲。《寒夜》通过一位名叫曾树生的女性展现了知识分子家庭中发生的夫妻及婆媳矛盾。由此可见，巴金的作品也呈现出从革命叙事向家族叙事过渡的轨迹。

近代文学所具有的明显特征之一就是其“现实性”，或者是秉承的“现实主义”倾向。但具体来说，“现实性”或“现实主义”是什么？这个问题复杂，且很难解答。这个概念随着时代的不同是“流动的，模棱两可的”❶，包含了多种含义。但尽管如此，如果追溯这句话使用的历史，而不是概念产生的过程，在一定程度上有助于在有限的范围内理解现实主义。

通俗说法是，关于艺术的现实主义先于文学，先用于美术作品和画家。1835年在法国首次使用“现实主义”一词，用于对伦勃朗作品世界的叙述，作为文学用语适用则是从 1856 年《现实主义》杂志创刊开始。现实主义在同一年确立为英语文学批评用语，第一，作为技术上的用语，指准确生动地描绘了某个观察对象，是与理想化或丑化某个对象相反的手法。第二，这种技法上的意义伴随着内容。因此，在处理当代日常生活时，适用这句话。它被用作“英雄的”“传奇的”“浪漫的”等概念的反义词。这些素材当初被称为“家庭的”“资产阶级的”，其关系也很明显。随着时间的推移，这句话指的是不愉快的、暴露的、简陋的，部分涉及对资产阶级世界观的反抗，与资产阶级艺术家试图忽视的普通题材的选择相关。❷

❶ 洪廷善．实存注意与 20 世纪 50 年代文学 [M]// 吴生根．文艺思潮的新理解．首尔：文学与知性社，2000：503.

❷ 引自柳宗浩．近代小说与现实主义 [M]// 吴生根．文艺思潮的新理解．首尔：文学与知性社，2000：72-73.

现实主义的核心可以概括为“描述了什么”的对象、内容的问题和“如何描写”的技巧问题。而且，这些对象和技法也根据评价标准在不同时代呈现出不同的面貌。尽管如此，如果将“当代日常生活”作为描写的对象，其背后已经蕴含着承认时代性的同时排除内在的心理❶。因此，恰如勒内·韦勒克所说，现实主义是“同时代社会现实的客观表现”❷。如果以这样的标准来衡量巴金和廉尚燮的文学，就会发现他们想要描述的对象或想要传达的内容完全是“当代的社会现实”。

如前所述，巴金文学的出发点在于情感。但更具体地说，这种情感是出于对现实生活的不满，所以在现实主义问题上，与描述的对象或内容有很大关联。

> 我在法国学会了写小说。我忘记不了的老师是卢梭、雨果、左拉和罗曼·罗兰。我学到的是把写作和生活融合在一起，把作家和人融合在一起。我认为作品的最高境界是二者的一致，是作家把心交给读者。我的小说是我在生活中探索的结果，一部又一部的作品就是我一次又一次的收获。我把作品交给读者评判。我本人总想坚持一个原则，不说假话。除了法国老师，我还有俄国的老师亚·赫尔岑、屠格涅夫、托尔斯泰和高尔基。（略）我的中国老师是鲁迅。我的作品里或多或少地存在着这些作家的影响。但是我最主要的一位老师是生活，中国社会生活。❸
>
> 严格地说起来，我所有的作品都是从生活里来的。不过这所谓生活应当是我所经历的生活和我所了解的生活。❹
>
> （略）常常有好心的读者过分地信任我，寄作品来要我修改。我不熟悉他所写的人物同生活，简直不知道应当从哪里改起。读者们错误地相信我掌握了什么技巧，懂得了一种窍门，因为他们忘记了最重要的东西：充实的生活同对生活的正确的认识和分析。❺

可以看出，巴金的阅读范围相当广泛。他在小说创作手法上受到法国、俄罗斯、中国作家的作品的影响。在这个过程中，他虽注重了“如何描述”，但落脚点终究在“描述什么”。从“创作与生活的一致”“对生活的探索”“中国的社会生活”等细节中可以看出，巴金屡次强调“生活”这一要素。他甚至以“我不是艺术家，看不到生活以外的艺术，所以不会像细心的工匠一样用珍珠和宝石装饰自己的作品”❻这样略带自嘲的话语解释自己的创作风格。

> （略）我觉得文章的好坏主要地在于它的思想内容。有了正确的思

❶ 柳宗浩．近代小说与现实主义 [M]// 吴生根．文艺思潮的新理解．首尔：文学与知性社，2000：74.

❷ 崔佑灿．现实主义和文学 [M]．首尔：知文出版社，1985：26.

❸ 巴金．文学生活五十年 [M]// 巴金论创作．上海：上海文艺出版社，1983：10.

❹ 巴金．谈我的短篇小说 [M]// 巴金论创作．上海：上海文艺出版社，1983：305.

❺ 巴金．谈我的短篇小说 [M]// 巴金论创作．上海：上海文艺出版社，1983：308-309.

❻ 巴金．谈我的短篇小说 [M]// 巴金论创作．上海：上海文艺出版社，1983：25.

想和丰富的材料，一定能写出好的文章。我这句话里自然还包括了一个条件：作者要懂得他自己写的东西；他在文章里所阐明的思想应当经过他的消化成为他自己的思想。他要懂得它，才能够说得清楚；他要热爱它，才能够说得动人；他是在说真话，才能够说得恳切；他充分相信它，才能够说服别人。至于语气、辞藻等等都是次要的事。各人写文章可以用他自己的表现方法。有人喜欢开门见山，一开头就说出结论，然后慢慢地解释下去；有人喜欢先举出具体的例子，摆出一些事实，最后才说出结论。就拿我自己来说，我写文章有我自己的表现方法。有时候我的思想对了，文章就有可取之处；思想一不对头，我就会写出坏文章来；有时候我的思想不大清楚，或者我知道得太少，那么我的文章就不生动，无力量。所以在思想不对头、不清楚，或者我知道得太少的时候，我即使拼命在文字上花功夫，使出全身的力气，也没法把文章写好。这是真话。❶

虽然写文章和创作小说严格来说是两回事，但尽管如此，在上面的文章中还是可以捕捉到贯穿这两种行为的巴金的姿态。那就是对“思想”或“内容”的重视。在他看来，文章的优劣取决于“思想”和“材料”这两个因素，其中重在前者。也就是说，在文章和小说中，巴金相对重视的不是“如何”这一技巧问题，而是“什么”这一内容的问题。那么巴金在小说中要说的“内容”或“生活”具体指的是什么？

如前所述，巴金把中国的社会生活视为自己文学创作的第一重要老师。因此，有必要审视他文学作品所涉及的题材。

从 1929 年中篇《灭亡》开始，巴金发表了包括长篇《家》《春》《秋》在内的“激流三部曲”，以及《雾》《雨》《电》等多部中、长篇小说，还发表了《复仇》《光明》等短篇小说集。他的作品大致可以分为以下几类：第一，讲述青年们为寻找革命道路而苦恼的作品。中篇《灭亡》和长篇“爱情三部曲”便是代表。《灭亡》讲述了接受五四新文化运动洗礼的知识分子杜大心从参加社会革命到幻灭的全过程。“爱情三部曲”中，出现吴仁民、周如水、陈真、李佩珠等知识青年，但故事主线主要以吴仁民、李佩珠为中心展开。这三部作品讲述了青年男女在爱情和革命之间经历彷徨和选择，最终找到出路并成长的过程。个人的幸福固然重要，但巴金想要表达的是，把它与争取人民幸福的更大事业相结合，才能体现真正的人生价值。第二，以封建家族制衰落为主题，讲述青年们争取个性解放和自由恋爱的作品。“激流三部曲”便是代表。这三部讲述高氏一家衰落史的作品主要围绕第三代和第一、二代之间的矛盾展开。追求个性解放和自由恋爱

---

❶ 巴金．主要是思想内容 [M]// 巴金论创作．上海：上海文艺出版社，1983：502.

的高氏三兄弟和独断的祖父之间的矛盾构成了《家》的核心，拒绝父母强加的封建婚姻，表现出对新文化的渴望，憧憬新世界的高氏三兄弟的表妹和独断父亲之间的矛盾构成了《春》的核心。如果将《家》和《春》视为“个人离家叙事”，那么《秋》则是“家族解体叙事”。由于第一代的缺席、第二代的无能和放荡、第三代的反抗，封建大家族逐渐没落，最终面临解体的命运。讲述这一解体过程的是《秋》。逃离家庭，向往社会革命的第三代人的故事，争取自由恋爱的女仆的故事，过着无节制放荡生活的第二代的故事，妻妾及亲属围绕财产产生的一系列冲突与中心叙事一起构成了庞大的叙事脉络。巴金通过这些作品揭示了封建大家庭的命运日薄西山，同时讴歌了青年们敢于追求个人幸福和个性解放的精神。第三，讲述工人运动的作品。中篇《砂丁》和长篇《雪》便是。这两部作品讲述了煤矿工人悲惨的生活。正如巴金自己所说，受法国自然主义大师佐拉小说《杰米纳尔》（1885）的影响[1]，创作了这两部作品。从题材和内容上看，这两部作品可谓一脉相承。《砂丁》描写了木匠出身的升义是如何选择煤矿工人的生活，以及最后如何凄惨死亡。在这一过程中，巴金表现出了煤矿的腐败，以及包括升义在内的工人接近濒死状态时的原始欲望（金钱、女人）。虽然主人公最终死于煤矿事故，但作者在作品的最后暗示这种局面总有一天会改变。而这种暗示的具体形象化就是长篇《雪》。《雪》虽在很多方面与《砂丁》相似，却是一部更具发展性的作品。除了煤矿的不正之风和工人的欲望之外，作者想要表达的是他们的斗争行为。作品以煤矿管理员曹蕴平为观察者，讲述了以小刘为首的煤矿工人在赵管理员的带领下，面对压迫和剥削，有组织地开展工人运动的过程。虽然最终运动以失败告终，煽动者赵管理员死去，但作者借用赵管理员的那句“种子已经落地”暗示了未来。第四，暴露资本主义弊端的作品。短篇小说集《复仇》和20世纪40年代发表的长篇集《寒夜》便是代表。正如上面所指出的，这部由14部短篇小说组成的作品集中出现的主人公都是外国人，大部分在战争、爱情、革命的背景下作为受害者登场。至此，巴金试图指出资本主义制度所具有的种种弊端。在他看来，无论是中国还是外国，只要有资本主义制度，人类要经历的苦难就会是共同的。长篇《寒夜》以抗日战争时期国民党统治地区重庆为背景，讲述知识分子汪文宣一家的日常生活。由于抗日战争及国民党统治，特别是后者，汪文宣不得不以廉价劳动力在出版局工作，后来因过度劳累患上肺结核，面临凄凉的死亡。与此形成鲜明对比的是，与国民党统治势力有联系的资本家们却使唤着汪文宣等知识分子和下层民众，对国家的命运漠不关心，过着堕落的生活。通过对这两种类型人物的比较，巴金要批判的是半殖民地资本主

[1] 巴金.《沙丁》序 [M]// 巴金全集：第 5 卷．北京：人民文学出版社，1987：195；巴金.《雪》序 [M]// 巴金全集：第 5 卷．北京：人民文学出版社，1987：276.

义社会的堕落。

综上所述，可以将巴金的小说重新分为家族、革命、资本主义题材。这些题材不是各自独立的，而是相互联系的。这些小说不仅与反帝、反封建、反资本主义的主题相联系，同时也与信奉无政府主义的巴金的思想脉络一脉相承。但从整个创作过程来看，巴金的小说显然有从革命叙事向家族叙事过渡的倾向。总而言之，巴金的小说可以看作是捕捉中国半殖民地时代状况的产物。

廉尚燮小说的政治要素相对薄弱[1]。对他来说，文学的“现实”只能是基于个人的“个性”。这些事实充分体现在了早期三部曲中主人公们强烈的性格和闭塞的内心世界的融合上。如上所述，廉尚燮把自我的觉醒和个性的解放作为自己文学的出发点。他的这种意识固然受到日本留学时期大正德莫克拉西的影响，但将其视为殖民地朝鲜这一更现实的因素作用的结果会更加妥当。

> （略）于是自觉的尔等，在首先否定了伪善所有的权威，打破了偶像，打败了超自然的一切，努力地按本来的样子看待现实世界。[2]
>
> （略）自然主义的思想，其大部分意义在于倾诉因自我觉醒而受到权威的否定，因否定偶像而被遗弃的幻灭的悲哀。因此，对于世人将其作为谴责和攻击的目标，尤其选择性欲描写作为题材，目的不是进一步渲染情欲官能，让读者产生热情，满足低级快感，而是为了揭露现实的悲哀，幻灭的哀愁，或者，通过如实地描述人生黑暗丑恶的一面，来表达人生的真相就是如此。这只是对理想主义或浪漫主义的反动手段。[3]

虽有些赘述，但出于必要，又重新引用了《个性与艺术》中的两段文字。在廉尚燮看来，自我觉醒的目的不仅在于权威及偶像的否定，还在于拒绝超自然的东西，同时希望“如实地”看待现实世界。廉尚燮在这篇文章中除了强调以自我觉醒为基础的个性扩张以外，需要关注的另一个问题就是“现实”。在他看来，自然主义只是“对理想主义或浪漫主义的反动手段”。再加上以尊重个性为品德的个人主义思想，廉尚燮认为这是实现近代文明的内在动力。

正如许多学者指出的那样，连接《个性与艺术》与《文艺与生活》之间的纽带便是“自我的觉醒”，将“生活论”视为继承，而不是“个性论”的断层或异变的原因也在于此。在包括《个性与艺术》在内的廉尚燮早期评论中，与浪漫主

---

❶ 当然，也有另类的研究视角。相对于以民族解放为目的的“积极抵抗”，李甫荣着眼于廉尚燮文学中的“消极抵抗”（虚无主义），分析并高度评价其内在的民族意识，扩大了廉尚燮小说具有的政治斗争意义。李甫荣．廉尚燮文学与政治问题 [J]．现代文学理论研究，1998（9）：202-203.

❷ 廉尚燮．个性与艺术 [M]// 韩基亨，李惠铃．廉尚燮文章全集：第 1 卷．首尔：晓明出版社，2013：190.

❸ 廉尚燮．个性与艺术 [M]// 韩基亨，李惠铃．廉尚燮文章全集：第 1 卷．首尔：晓明出版社，2013：192.

义相得益彰的现实主义倾向到了《文艺与生活》就会更加明显。廉尚燮在这里重点讲述的就是“生活”和“现实”这两个要素。

在这篇共分六个段落的文章开头，廉尚燮阐述了文艺与生活的关系。在他看来，文艺“在生活中，是一种表白，是记录，是痕迹，是主张，并不是生活本身，也不是生活整体”❶。从这里可以看出廉尚燮遵守着“生活第一”的原则。在他看来，随着时代的变化，人的生活也在变化，艺术也不得不经历相应的变化。

（略）如果说当代的作家，特别处于习作期彷徨的朝鲜作家完全无视构成当代人生活的时代意识和社会意识以及民族意识，或者即使不无视，只表现出淡薄且不活跃，那么我怀疑这部作品到底真挚在哪儿，又想和什么样的读者交朋友。❷

廉尚燮认为，文学也是一种语言艺术，应该适用上述原则。在他看来，越是当代的作家，尤其是处于习作期的作家，越要写出表现“时代意识”“社会意识”“民族意识”的作品，由这三种意识组成的当代“生活”：即殖民地朝鲜民众所处的“现实”。接着廉尚燮明确表示“生活在任何情况下都是第一义”，并说明了与“现实”的关系。他指出，在“现实”这个立足点上形成的是“生活”，而前者是号令者、伴奏者。对于构成主从关系的两个要素的变化顺序，廉尚燮具体从生活中的破裂或长期停滞中产生的人类自觉谋求现实的变化，说明在改变现实的过程中，让生活跟上现实的步伐，最终达到两者的和谐。而且“生活”是永恒的流动，所以“打破现实”才是有生活意识的动物的永恒课题。只是他指出，对于这个“永恒课题”，虽然随着生活持续而不断，但在“打破现实”的过程中产生的苦恼或悲哀可以通过改善现实生活，特别是社会生活和个人生活的部分条件来得到一定程度的缓解。廉尚燮指出，文艺是介入“现实”和“生活”之间，发挥着描写和反映人类社会各种面貌的作用，但不是单纯的“客观”描述或反映，而是以添加了作家主观意志的“主客合一”方式出现。其中“客”是指现实生活，“主”是指“组织和支配作家生活的时代精神和生活感觉及生活意识”❸。

（略）看“文艺”，那只不过是一个生活记录，只是打破现实运动中的部分报告书。也就是说，人站在“现实”这个舞台上，描述、解剖、批评、断定正在上演怎样的悲喜剧，阐明或指示生活的状态和方向。只是因为有艺术表现的条件，所以有各种形式和制约。除此之外，作为人

❶ 廉尚燮．文艺与生活 [M]// 韩基亨，李惠铃．廉尚燮文章全集：第 1 卷．首尔：晓明出版社，2013：540.

❷ 廉尚燮．文艺与生活 [M]// 韩基亨，李惠铃．廉尚燮文章全集：第 1 卷．首尔：晓明出版社，2013：540-541.

❸ 廉尚燮．文艺与生活 [M]// 韩基亨，李惠铃．廉尚燮文章全集：第 1 卷．首尔：晓明出版社，2013：541-243.

类生活或宇宙存在，绝不能主张神性或坚持至上。❶

这个发言的意义是什么？这意味着现实就像马克思想象了一个必然到来的世界一样，不是由任何思想演绎得到。因此，廉尚燮认为，文艺是“生活记录”，作为打破现实运动的“部分”报告书，应该建立在“现实”的基础上。但既然是艺术人，也应该具备形式要素，这一点也应该得到满足。但是，从“只是”这样的连接词中可以看出，廉尚燮在这一段中主要针对的是文艺（文学）的“内容”，换句话说，是“要描述什么？”的问题，而“形式”，或者说是“如何描述？”的问题则为次要。而“不能主张神性或坚持至上”体现了廉尚燮的现实主义面貌。

文章的最后，廉尚燮再次强调“生活第一”，同时艺术依附于此的观点。他强调了从深刻的人生体验中产生的生活意识才是创作作品的作家所需要的。因为确信现实不是通过归纳，所以强调了人生体验。

以上通过对《个性与艺术》及《文艺与生活》廉尚燮前期和后期代表性评论的简要探讨，看到了他重视“现实生活”的一贯姿态。虽然他所主张的“个性论”是以自我的觉醒为基础的，但这种自我的觉醒同时也形成了现实主义精神的肥沃土壤。那么，重视“现实生活”的廉尚燮的文学论到了具体的创作中会呈现出什么样的面貌？

以《标本室的青蛙》开始在文坛崭露头角的廉尚燮是创作了众多作品的“多产作家”。大体上，很多学者把从早期三部曲，中篇《万岁前》，再到长篇《三代》的廉尚燮的小说创作历程看作是“成长与衰退的连续线”❷。但最近，也有学者对此提出异议❸。

本研究相比小说的形式更倾向于内容，因此具有明显的局限性。但即便如此，仍沿用学界的通论。

自《标本室的青蛙》开始，经过短篇《暗夜》和《除夜》、中篇《向日葵》，可以说，这一时期大致相当于廉尚燮小说创作的初期阶段。这些作品以知识分子青年和新女性为主人公，讲述了“个人”和“殖民地现实”之间的尖锐矛盾。《标本室的青蛙》的主人公“我”是一位凡事都感到厌倦的知识分子，也就是说，他有忧郁症症状。在朋友们的劝告下，“我”迫不得已来到平壤，在这一旅行的过程中和“狂人”金昌亿邂逅，并了解了他的来历。“我”对所聊内容完全没有

❶ 廉尚燮．文艺与生活 [M]// 韩基亨，李惠铃．廉尚燮文章全集：第 1 卷．首尔：晓明出版社，2013：544.

❷ 朴商准．20 世纪 20 年代文学与廉尚燮 [M]．首尔：亦乐出版社，2000：161.

❸ 朴商准．持续与变化的辩证法——《万岁前》研究 [J]．冠岳语文研究，1997（22）；朴商准．幻灭到通俗之路 [J]．民族文学史研究，2004（24）；朴商准．通过《万岁前》来看的韩国近代文学的问题及课题 [J]．现代文学研究，2006（28）；金明仁．文学近代的自我意识 [M]．首尔：晓明出版社，2016；金明仁．韩国近代小说和殖民地近代性：始论研究——以廉尚燮的《万岁前》为中心 [J]．民族文学史研究，2017（64）.

感到陌生，反倒觉得金昌亿的“现在”像是自己即将到来的“未来”。如七星板上被解剖的青蛙般的命运引起了“我”的共鸣。虽然有“信念还是癫狂”这两种选择，但既然没有实现前者的环境，要想不被现实同流合污，除了成为“狂人”之外别无他法。可见，对于“我”来说，现实世界是多么沉重的存在。《暗夜》的主人公也是知识分子，像是作家的分身。为了挖掘人生的真正意义，在稿纸上反复擦写的“我”受不了母亲的催促，前去探望临婚的表哥。途中“我”遇到了瘸腿少年和朋友们，思考了包括爱情在内的人生的各种问题。瘸腿少年拼命想要放飞风筝，奈何风筝却飞不起来，同样，不尊重个性的封建婚姻及玩笑似的恋爱终不能成。我看着未婚妻的照片，再次确认那不是“爱”，而是“奸淫”。在首尔六曹大路上阔步前进的过程中，我留着热泪下定决心要坚强地生活。《除夜》的主人公贞仁是一位留学日本的新女性。虽然强调自我的觉醒和个性的解放，但因糜烂的私生活最终走向堕落。婚前怀孕的她最终被丈夫发现，回了娘家。虽然想要生完孩子之后，重新拾起坚强生活的信念，但收到丈夫原谅自己的信后，选择在平安夜前一天自杀。在坦白自己糜烂的私生活的信中，虽然试图在家庭环境（环境）和“肮脏的血液”（遗传）中寻找原因，但归根结底，还是源于没有真正觉醒的自我。此外，封建性较强的殖民地朝鲜的环境也成了想要独立的女性无法逾越的障碍。可见，在男性意识依然占据主流的半殖民地朝鲜社会，女性要想独立确保“物质”这一要素并非易事。但尽管如此，在收到丈夫的信后，她拒绝回家，从自尽中可以看出她追求“强大自我”的意志。

如果说作家早期的三部曲把焦点放在主人公的内心世界上，那么到了《E先生》和《向日葵》，廉尚燮的小说逐渐与校园生活和结婚制度这一风俗世界相遇[1]。《向日葵》的主人公英姬是一位从日本留学回来的新女性。她向往艺术家的生活，但现实不容许。虽然有刻骨铭心的爱情，但因恋人洪树森的死而无法实现，所以她选择的最终不是爱情，而是现实生活。为了保障艺术家的生活，她和虽然不爱但有实权的总督府官员李顺泽结婚，选择旧情人的故乡作为蜜月的旅行地。她在那里重立旧情人的墓碑，然后和丈夫一起在坟墓前焚烧与故人交往时的情书。至此，她清算了自己的“过去”，同时表现出想要选择“现实”生活的意志。

中篇《万岁前》是以三一运动爆发前一年的殖民地朝鲜为背景，以知识分子李寅华从日本返回朝鲜的旅程为框架的小说。接到妻子病危的催促电报后，李寅华将从日本沿着下关、釜山、金泉、大田、首尔，一路返回朝鲜。在大田至首尔的旅途中，面对形形色色的人和事，他经历了个人、社会、民族问题，发生了意识上的变化，同时发现朝鲜是令人窒息的“坟墓”。于是，办完了妻子的丧事，

[1] 金明仁．文学近代的自我意识 [M]．首尔：晓明出版社，2016：163.

李寅华再次前往东京。如洪廷善所指出的，尽管创作上经历了8年6个月的时间差，但《万岁前》和《三代》并不是独立的个别作品。这两部作品与其间作家创作的《向日葵》《你们得到了什么》《二心》《南忠绪》等作品交织在一起，形成了庞大的作品群。这些作品无论在人物，还是在故事情节、背景上都继承了《万岁前》，并在此基础上有所发展。到了长篇《三代》，这些面貌得到了进一步的发展，达到了一个顶峰[1]。

长篇《三代》是廉尚燮文学世界中具有里程碑意义的作品，也是韩国近代文学史上跻身经典行列的不朽名作。这部作品讲述了以赵相勋、水原姨太为首的势力和赵德基之间，在一家之长赵医官开始病入膏肓到去世的三四个月的时间里，围绕家庭财产继承权产生的利害矛盾。此外，还讲述了以金炳华、洪京爱、皮革为中心的社会主义者的理念，洪京爱、赵相勋和金炳华为中心的三角关系，以及赵德基对李必顺的情感问题。因此可以说，这部作品囊括了个人及社会的各个方面，简直就是殖民地朝鲜社会的缩影。

从《万岁前》到《三代》的小说历程“不是时间发展，而是空间扩散的关系”，换句话说，这些小说致力于“对时代的敏锐洞察和人物内心世界的深化叙述”[2]。初期展现了作家闭塞的内心世界，之后逐渐承认现实，开始关注生活，可以认为是内心世界开始深化。小说的世界扩大到了外部，但这不能说明指向外部。相反，需要注意的是，这是一个随着内心探索的扩展而深化的过程。例如，《三代》不是关于钱，而是以钱为媒介，反映死缠恶斗及世态炎凉的作品。

廉尚燮的小说以《三代》为顶点，此后开始向下弯曲，之前小说作品中展现的殖民地社会现实的尖锐批判意识逐渐减弱。

三一运动导致国内政治状况的恶化，个人原因导致的东北行[3]，以及报纸连载小说固有的通俗因素，都对廉尚燮的小说创作产生了不小的影响[4]。尽管如此，他在自己的能力范围内把握社会现实的意志应该得到高度评价。这些作品以殖民地朝鲜这个社会为背景，讲述了各种问题，既有对殖民地现实的描写，也有对封建婚姻制度弊端和自由恋爱的描写，既有对封建家族制度的描写，也有对个人爱情及民族解放的描写，还有对殖民资本主义日常生活的描写。但可以肯定的是，从初期的三部曲到《万岁前》，再到《三代》，作品（《万岁前》《爱与罪》《南忠瑞》《三代》）中涉及的民族问题逐渐消失。《三代》前后廉尚燮作品中出现的通俗性问题也应在这一背景下理解。廉尚燮关注家族叙事也与此不无关系。

---

[1] 洪廷善．审视时代的洞察力与内心世界的照明——解读《万岁前》与《三代》[M]// 洪廷善．古典演讲：8．首尔：民音出版社，2018：13.

[2] 洪廷善．审视时代的洞察力与内心世界的照明——解读《万岁前》与《三代》[M]// 洪廷善．古典演讲：8．首尔：民音出版社，2018：14.

[3] 金允植．廉尚燮研究 [M]．首尔：首尔大学出版部，1987：612-616.

[4] 金允植．廉尚燮研究 [M]．首尔：首尔大学出版部，1987：592.

第二节　对社会主义的态度和文学的自主性

巴金和廉尚燮开始作品活动时期，中韩两国的文学环境虽各不相同，但也呈现出相似的一面，那就是左翼文学的出现。以韩国为例，李光洙所提倡的启蒙文学在失效的同时，想要正视殖民地朝鲜现实的现实主义文学开始抬头，逐渐成为文坛的主流。作为其中一个分支的新倾向派文学，往往也被称为“自然发生期文学”，接下来的发展阶段就是左翼（普罗）文学。这两者的区别取决于“目的意识”的有无。左翼文学从20世纪20年代中期到20世纪30年代初，与民族主义文学一起就韩国文坛的霸权展开角逐，但由于新干会的建立，在“民族文学”的旗帜下暂时出现了合流的情况。可见，那个时期左翼文学在文坛的影响力非常强大。与韩国的情况类似，在以鲁迅为旗手的启蒙文学随着大革命的失败而失去光芒的情况下，在文学领域出现了左翼文学。国民党当局从一开始不重视，到后来察觉到左翼文学的危险性，在慌忙之中，为了牵制它，有意识地组织了民族主义文学派。可见左翼文学的影响之大。

在这种背景下，考察巴金和廉尚燮的文学，可以发现相当有趣的相似之处。虽然表现出对左翼文学本身的警惕，但对于社会主义运动本身，两位作家都持开放态度。巴金虽然把无政府主义思想作为自己的政治信仰来珍藏，对无产阶级专政持批判态度，但对剥削阶级的消失和谋求民族解放的社会主义运动宗旨大体上持肯定态度。廉尚燮虽然被认为是民族主义文学派人物，但表现出对社会主义运动心照不宣的所谓“同情者”（symphotizer）形象。这意味着对这场以消灭阶级为目的的运动部分认同。

前文中提到，虽然接触到了无政府主义思想，但巴金的无政府思想可以看作是超越传统层面的“中国化”的产物。与当初反对战争和阶级斗争的无政府主义信条不同，巴金表现出了更大的进步。

虽然巴金主张的无政府主义思想确实在一定程度上与社会主义思想一致，但这并不意味着文学也是如此。他始终想保持文学作为文学本身存在的艺术性。因此，自然而然地与提出目的意识，将文学视为理念的宣传工具，具有概念化倾向的左翼文学保持距离。巴金在“信仰”（无政府主义）和“文学”这两个选项之间不断彷徨。当初他关心的也是社会运动，也是出于这个目的选择去法国留学。但现实的残酷并不没有促使他挺身而出，取而代之的是选择了小说创作这条路。但在他开始选择走作家这条路时，左翼文学与民族主义文学及自由主义文学展开了激烈的论争[1]，文坛逐渐形成了三足鼎立之势。在这种背景下，巴金文学所处的地位有些模棱两可，既不是左翼文学，也不是民族主义、自由主义文学，因此不得不承受“非黑即白”的攻击，特别是受到左翼文学攻击的情况较多。

1930年代巴金的小说作品经常被左翼文学批评家们推上风口浪尖。他们站在政治和党派的立场上批评巴金，巴金对此予以回应。在他看来，左翼文学批评家批评自己文学的意识背后，不仅是强烈的意识形态在发挥作用，而且对人道主义、虚无主义、无政府主义概念的无知或模糊的认识也不容小觑。

> 但这样我也并不承认这批评就是正确的。因为这批评是来自一个政党的立场，而我的政治主张和这政党的主张就不是一致。在这种情形下面，我当然可以得着“用政治上的术语讲，是错误；用艺术上的术语讲，是失败”这个罪名，而且被加上“人道主义，安那其主义”这头衔。[2]
>
> （略）把这作者的一切作品冠上那三个头衔，就如他们先拿出一个政治纲领的模子，然后把一切被批评的作品拿来试放在这模子里面，看是否相合。全合的自然就是全好，合一部分或不合的就该遭他们摈弃，对于构成一个作品的艺术上的诸条件，他们是一点也不会顾念到的：这是他们的一贯的态度。[3]

上面两段文字摘自为应对左翼文学批评家胡风对1933年巴金发表的两篇短篇《海的梦》（新中国书局，1932.8）、《罪与罚》（《现代》第4卷第5期）的批评而发表的评论。胡风把巴金的两篇短篇放在“第三种人”，也就是说既不是资产阶级也不是无产阶级，而是自由主义作家的作品类别中进行批评。对此，巴金指出，在文学作品的评价上，对左翼文学批评家来说，其出发点不是文学的艺术性，而是作家的政治立场。因此，如果政治立场不是马克思主义的，那么其作品难逃批评之祸。但巴金强调，政治立场并不等同于作品的立场，他说自己虽然把无政府主义思想奉为政治信仰，但这并不意味着作品也一定具有这种性质。更何况，左翼文学批评家们对自己作品中的思想，如人道主义、虚无主义、无政府主义，在并没有区分不同时期、不同概念的情况下，将其视为相同的东西，表现出可笑的态度。他还指出他们对“构成作品的艺术上的诸条件”视而不见。这样看来，对于左翼文学，巴金指出了其诸多问题：作家的政治立场和作品内容的同一性问题，由此引发的单一化问题，以及包括表现方式在内的作品的艺术性问题。虽然在政治上偏向于无政府主义思想，但巴金作品本身却表现出了多种思想倾向。从表面上看，他的处女作中篇《灭亡》所涉及的革命问题虽然与马克思主义有所区别，但带有“社会主义”倾向。不仅如此，在讲述起到帝国主义走狗作用

[1] 程光伟，等．中国现代文学史 [M]．北京：中国人民大学出版社，2007：162-165.
[2] 巴金．我的自辩 [M]// 巴金全集：第 12 卷．北京：人民文学出版社，1993：258.
[3] 巴金．我的自辩 [M]// 巴金全集：第 12 卷．北京：人民文学出版社，1993：259.

的租界地警察殴打无辜民众的场面，以及象征帝国主义势力的强盗屠杀象征中国民众的无辜农民的内容的诗中，还可以看到民族主义作家思想痕迹。而且，在面对革命问题的同时，考虑到了男女之间的爱情问题，这在很大程度上体现了其个人主义或自由主义思想。

总之，作者的政治立场和作品的内容并不一定是一一对应的关系，后者有可能蕴含多种思想倾向。

与此同时，巴金也同样重视文学的功利性问题，且不亚于左翼文学。他开始文学活动的直接原因之一就是因不能直接参与社会运动而产生的“愤懑”。用他的话说,“我创作小说完全是为了寻找出路”[1]。那个“出路”不仅是个人的自由和幸福，更是探索社会、民族的解放和发展的道路。

> 对文学艺术我当然有我的看法。我的思想有时也会有改变，但有一点是很明确的，我始终认为文学艺术不是只供少数人享受的奢侈品，它属于全体读者（和观众）。（略）红灯是什么？不就是高尔基的《草原故事》中勇士丹柯那颗燃烧的心？我永远不会忘记高尔基的名言：一般人都承认文学的目的是要使人变得更好。还有老托尔斯泰写给罗曼·罗兰的一句话：凡是使人类联合的东西都是善的、美的，凡是使人类分离的东西都是恶的、丑的。[2]

由此可见，巴金所理解的文学艺术不应该是“少数人的享乐”，而应该具备大众性，更应该具备让人善良、联合的条件。但正如前文所述，巴金也不希望过度强调功利性，使文学沦为某种理念的工具。他说：“虽然文学有宣传作用，但宣传不能代替文学；文学有教育作用，但教育不能代替文学。”[3] 巴金极力反对“甘心做录音机。”[4] 因此，他选择了第三条文学道路。它既不是资产阶级自由主义文学，也不是无产阶级左翼文学。这条路不是为了少数人，也不是为了艺术的艺术，更不是为了联合多数人而宣传阶级斗争的艺术，是为了追求全人类的自由和幸福的更为高尚的艺术。

如前所述，廉尚燮在考虑殖民地朝鲜的现实问题时，既考虑到了民族主义，同时也没有忽略社会主义，提倡将两种运动联合起来。这在讨论反动、传统和文学这三者关系的评论《民族、社会运动的唯心考察》一文中已经详细阐述过。特别是在围绕传统的讨论中，可以看出他对民族主义和社会主义的全方位思考。在文学层面，他立足于反动，针对左翼文学，他说“不能单纯地否认传统”[5]，最重

---

❶ 巴金．文学生活五十年 [M]// 巴金论创作．上海：上海文艺出版社，1983：8.

❷ 巴金．序 [M]// 巴金论创作．上海：上海文艺出版社，1983：4.

❸ 巴金．文学的作用 [M]// 巴金论创作．上海：上海文艺出版社，1983：526.

❹ 巴金．灌输和宣传 [M]// 巴金论创作．上海：上海文艺出版社，1983：561.

❺ 廉尚燮．民族运动的唯心考查 [M]// 韩基亨，李惠铃．廉尚燮文章全集：第 1 卷．首尔：晓明出版社，2013：515.

要的是要关注“传统”这个“表”背后的“里”。他将传统分为“间接对象”“唯心对象”（观念）或“直接对象”“唯物对象”（政治、经济生活），并重点考察了前者。廉尚燮再次将这些传统分为以贯穿“土壤”这一地理条件，以血统为中心的“平面一面”和以“物质”这一经济条件为基础，以精神或观念为中心的“立体一面”。在这里，就前者而言，“血统是本能的、先天的，人和‘土壤’的交集是后天的，不可分割的宿命下的自然约定”[1]；就后者而言，“纯粹是经济性、阶级性、时间性、纯观念性的，具有历史背景的，人为的变态性构成的。”[2]他认为平面传统接近民族观念，很难或完全不变的特性，完全不违背回归自然的反动运动的最终目的，因此通过社会运动对其进行破坏是有困难的。但利用民族观念中的人为部分，特别是宗教观念作为阶级统治的手段这一点，除了需要警惕之外，还需要通过社会运动进行改善。在此基础上，廉尚燮立足于实际方面考察了两种运动。他提到了从三一运动中吸取的教训，答案便是“从纯政治运动转向经济运动的缓慢步伐，不得不用本民族的资本主义发展来抵御‘民族对民族’的剥削”。廉尚燮表示，殖民地朝鲜为了开展政治运动，必须有与此相当的经济实力作为保障，但资产阶级势力的力量先天微弱，因此开展民族经济政策迫在眉睫。而且，“从认识到这些经济政策到任何时期都只是临机应变的权宜之计开始，就有资格作为右翼参加社会运动”。就社会运动而言，“民族主义没有到达帝国主义阶段或其终结点的任何必然性，同时只认识到‘民族被剥削’这一事实，且默认民族主义的权宜之计”，从而完成与民族运动的合作。针对本国民族资本主义可能发展为帝国主义的担忧，廉尚燮表示：首先，朝鲜有维持现实生活的紧迫条件；其次，即使朝鲜的民族资本主义发展起来，其力量也微乎其微；最后，无论朝鲜的民族资本主义如何发展，都以保护政策本身为手段为由，消除了这种担忧。因此，开展“不抛弃民族性的一面的社会运动，不忽视社会性的民族运动”是廉尚燮认为的朝鲜的当务之急。相比之下，与世界被压迫民族及同一阶级，以及压迫民族内的无产者和政党联合始终是次要的[3]。

由此可见，廉尚燮对社会主义运动的态度较为开明。特别是在经济政策方面，他的主张与巴金的主张相似。但与排除现实情况的巴金不同，廉尚燮考虑了现实情况。那么他又如何面对文学领域？

众所周知，20 世纪 20 年代，尚处在左翼文学萌芽期的新倾向派文学初露锋芒，之后卡普成立，新倾向派文学进一步整合，普罗文学崭露文坛。两个文学流

❶ 廉尚燮．民族运动的唯心考查 [M]// 韩基亨，李惠铃．廉尚燮文章全集：第 1 卷．首尔：晓明出版社，2013：521.

❷ 廉尚燮．民族运动的唯心考查 [M]// 韩基亨，李惠铃．廉尚燮文章全集：第 1 卷．首尔：晓明出版社，2013：528

❸ 廉尚燮．民族运动的唯心考查 [M]// 韩基亨，李惠铃．廉尚燮文章全集：第 1 卷．首尔：晓明出版社，2013：536-538.

派先后在朝鲜文坛留下了浓重的一笔。在这个过程中，它们与理念不同的其他文学流派产生了矛盾和摩擦，而廉尚燮也被卷入其中。

很早以前，廉尚燮就发表过多篇涉及新倾向派及左翼文学的文章❶，而他想提出的是文学的“自主性”，以及由此产生的“艺术性”问题。廉尚燮首先对“新倾向”一词本身表示怀疑。如果说新倾向与现有的布尔乔亚主义文学不同，那么应说明“什么，如何不同”，但对他来说，这两点没有解释清楚。在他看来，在没有阐明布尔乔亚（资产阶级）文学特点的情况下，草率地提出新倾向派及左翼文学的欲望占了上风，结果其存在的理由只因“主人公的最后无非是破坏、杀人”❷。这背后是阶级斗争理念在支撑，而作家的气质、作品的题材和内容、作品的表现方式等其他因素介入的可能性从一开始就被排除在外。因此，廉尚燮认为，根据这种逻辑产生的新倾向派或左翼文学作品与真正的艺术作品存在差距。

> （略）因此，不可能有没有表现的艺术，但内在于表现美的是艺术价值。而且，从作品包含的内容，即思想、情感、题材的艺术价值来看，是第二义的，只是副作用。因此，即使艺术品的内容思想、情感等制约表现美，即形式、手法或观察，并描述其变异，允许所谓的“主义”流派分离，但也无权无视表现美本身或决定其艺术价值。❸
>
> （略）在无产阶级文艺运动中，作为提高集体意识的必然结论，与个人性势不两立，抵制的理由就在于此。但这是政治现象，或者说是社会事态，并不是文艺的常道。文艺（虽拥有其他各种条件和使命）应该从个人性出发，以建设个人的自由性和集体的正当性合而为一的和谐社会为使命。我们的现实是，在集体性威压下，在个人性感到窒息、不自然，因在不合理中呻吟，因想要求一片自由广阔的天地飞翔，所以逃往文学的世界。❹

在第一段文字中，廉尚燮讨论了文学作品中的内容和形式问题。在他看来，对于新倾向派或左翼文学来说，其内容是以非常有限的，以所谓集体意识或阶级斗争反映与否作为唯一标准。因此，从实质上看，其变化是非常有限的。不仅如此，这些内容还决定了作品的形式。也就是说，作品的结尾部分出现杀人、纵

❶ 具体如下：阶级文学是非论——对于作家无所谓的话 [J]．开辟，1925（2)；论阶级文学——对于所谓的新倾向派 [J]．朝鲜文坛，1926（5)；昨今的无产文学 [N]．东亚日报，1927-5-6~5-8；劳动争议与文学 [N]．东亚日报，1929-2-15；讨究、批判三题——无产文艺形式问题及其他 [N]．东亚日报，1929-5-4~5-15；文坛上的集体意识与个人意识 [J]．文艺公论，1929（5)．

❷ 廉尚燮．论阶级文学——对于所谓的新倾向派 [M]// 韩基亨，李惠铃．廉尚燮文章全集：第 1 卷．首尔：晓明出版社，2013：444.

❸ 廉尚燮．论阶级文学——对于所谓的新倾向派》[M]// 韩基亨，李惠铃．廉尚燮文章全集：第 1 卷．首尔：晓明出版社，2013：464.

❹ 廉尚燮．文学上的集体意识与个人意识 [M]// 韩基亨，李惠铃．廉尚燮文章全集：第 2 卷．首尔：晓明出版社，2013：73.

火，或者主人公突然觉醒，亦或是进行说教式演讲等，在作品的展开中不得不出现一些尴尬、不自然的表现形式。在廉尚燮看来，艺术的价值完全在于表现形式，虽然这必然受到思想或内容的制约，但作为其本身的存在价值（艺术性）应该得到保留，这才是文学作品与宣传文的本质区别。在第二段文字中，廉尚燮强调，文艺从严肃的角度讲，与政治不同，它所具有的个人性（自律性）应该得到充分的保障。但并不是说要排斥或放弃集体性（社会性），而是主张两者浑然一体。也就是说，强调文艺同时要兼顾伦理性和功利性。但他明确表示，任何时候都要以文学的自主性为前提。廉尚燮在文学本身存在所必需的自律性和艺术性得到充分保障的基础上，主张兼备伦理性和功利性，否则，文艺运动和社会政治运动的界线将被打破，同时前者将沦为后者的附属。他认为，在这种情况下，文学家将丧失其存在的意义，而新倾向派文学及左翼文学就是很好的证明。

以上考察了巴金和廉尚燮对新倾向派和左翼文学的态度。对于无产阶级社会及政治运动本身，两位作家大体上持支持或开放的态度，但无产阶级文学的情况就有所不同。两位作家在与新倾向派文学（左翼文学）的生产性紧张关系中，试图保持自己的文学姿态。直接或间接地将革命和民族解放的问题纳入小说就是很好的佐证。

两位作家的小说涉及民族、革命问题，这意味着他们在殖民地和半殖民地的社会环境下并没有失去作家的伦理意识。廉尚燮在 20 世纪 20 年代的评论中提出了民族主义和社会主义相结合的折衷主义思想，而这种思想具体延续到文学中，便诞生了“同情者”（symphotizer）这一人物形象。《南忠绪》中的南忠绪、《爱与罪》的李海春、《三代》的赵德基便是代表。他们都具备一定的民族主义思想，同时又是社会主义者的帮手。但随着 1931 年新干会的解散，压抑的政治环境让廉尚燮无法再涉及民族问题，所以这些人物形象也在廉尚燮的小说世界中销声匿迹。在无法触及外部民族问题的情况下，廉尚燮选择的是回归能够处理熟悉的内部问题的家庭叙事。巴金一直追求的无政府主义思想与社会主义思想有着共同理想、目标：建立没有阶级压迫和剥削的多数人建设幸福的世界。因此，他小说中出现的革命者大体上与社会主义者有着相似的面貌。他们都是为了多数人而不是少数人的幸福而甘愿献出自己的一切的人，如革命三部曲和爱情三部曲的主人公。但随着 20 世纪 30 年代中国无政府主义运动进入衰退期，巴金的思想也开始动摇。再加上始终与中国共产党保持政治距离，事实上已经无法再创作革命叙事。所以他选择了家族叙事。

廉尚燮和巴金都强调文学作为文学本身存在的自主性和艺术性应得到保障，在此基础上，还主张文学的伦理性和功利性兼而有之。因此日后出现的是作为“文学家”而不是“政治家”“社会运动家”的巴金和廉尚燮。两位作家清晰地认识到了文学这个领域应具有的框架，强调了它的神圣，通过与社会、政治领域的区分，在各自的领域创作了优秀的文学作品。但这些作品不仅是“为了艺术的艺术”，同时也是“为了人生的艺术”。从这一点来看，也包含与社会、政治领域密不可分的启蒙性。因此，他们作为以敏锐的洞察力捕捉社会现实的所谓“现实主义者”留名后世。

以上考察了廉尚燮和巴金文学思想所具有的共同特点：个性（情感）、现实性、伦理性和功利性。这四种特质并不独立，都可以纳入“现实性”这一项之下。因此，作家强烈的自觉和介入现实的意志综合作用的结果，便诞生了描写殖民地或半殖民地社会严峻现实的叙事。

第四章　从个性指向到家族叙事的转变

第一节　男性离家叙事的展开

前文对廉尚燮和巴金的传记，特别是留学期间的轨迹进行了考察。同时，一并探讨了文学思想，初步探明了两位作家的文学轮廓。值得一提的是，两位作家都以留学的经验为基础，写出了以男性离家为主题的独特小说。这些事实从另一个侧面证明了在近代小说领域，中韩两国有着相同的问题意识。也就是说，负责家族延续的那一代男性从这种责任中逃走的故事的同时出现，意味着对东亚儒教传统提出全面异议。因此，比较两位作家的离家叙事，对于探讨近代小说初期的主题意识是必不可少。

从古代小说的主题来看，儒教思想所占据的地位非常重要。以祖先崇拜和立身扬名为代表的“孝”思想与政治上忠于君主的“忠”思想紧密相连，形成了所谓忠孝一致的绝对价值。因此，古代小说的主人公（男性）在战胜逆境的过程中，形成了家庭价值等同于社会价值的局面。通过从个人伦理修身到平天下的过程，追求以君主为中心的大同世界的确立。由于东亚世界特有的宗法秩序，人们一致认为家庭伦理的扩大就是社会伦理。但进入近代后，随着封建社会的解体，这种价值体系也开始动摇。忠孝思想已经丧失了作为移越价值的权威。这不仅源于殖民地这一当代的现实问题，而且因为它可以将殖民地世界的移越价值贬低为被奴役的价值。从这一点来看，现有的权威只能从根本上被否定。而问题在于，这种否定不是由殖民地世界的新一代自发组织的，而是由帝国代表的外部力量强制执行的。因此，东亚近代小说中的主人公们与其说是挑战现有的权威，倒不如说是怀疑或厌恶，甚至不愿与之正面对决。另外，这些现象都是在“留学”这一小说性事件的基础上发生的，这也是最真实地经历殖民地世界移越价值贬低的代表性事件。这一点值得思考。《万岁前》的李寅华和《灭亡》的杜大心便是这类人物的代表。

谈到东亚近代文学中出现的“离家叙事”，绝对绕不开易卜生和他的喜剧

《玩偶之家》。虽然接受的途径和时间不同，但中韩两国都以此为契机发生了一次“娜拉潮”。这种文化现象发展到文学层面，创造了“女性离家出走”的独特叙事模式。而在这个时期，巴金和廉尚燮突然将男主人公的离家出走创作成小说。它们并没有按照西方模式原原本本地照抄作为一大文化事件的“娜拉出走”，而是在东亚背景下进行了转型，这一点值得关注。

廉尚燮和巴金的第一部中篇《万岁前》和《灭亡》有很多相似之处。首先，两部作品的主人公李寅华和杜大心都是知识分子，作为父权制婚姻制度的牺牲者，都拒绝或延迟归家。其次，两部作品的背景分别设定为三一运动爆发前一年和国民大革命失败后的剧变期。可以说，这在一定程度上体现了当代社会面貌的典型性。最后，两位作家以自己独特的笔触准确地将分别处于殖民地朝鲜和变动期的半殖民地中国所能发现的各阶层的生活状况记录在作品中。作品中出现的这些阶层的生活不是独立的，都是直接或间接地与主人公们的生活相连。也就是说，有机地揭示了“个人生活”和“社会生活”。

在开始分析《万岁前》之前，有必要回顾一下李光洙长篇《无情》的最后一段。

> 以后要说的是，亨植一行在釜山坐船后，整个朝鲜都发生了很大的变化。无论是从教育还是从经济，从文学媒体，从所有文明思想的普及来看，都取得了长足的进步，更值得庆贺的是工商业的发展。以京城为首，各大城市无不发出煤烟和铁锤声，我们近年来极度衰败的商业也将逐渐振兴起来。❶

虽然在三浪津目睹了水灾场面，但看着以民族为名义决定出国留学的主人公们，兴奋的叙述者想象着朝鲜的未来：教育、经济、文学、媒体，工商业也已经发展到了相当的水平，以京城为首的各地城市将逐步实现工业化。但现实如何？随着1910年国权的丧失，1919年的三一运动也因日本帝国主义的镇压而失败。如果说李光洙通过《无情》展现了想象中的朝鲜，那么廉尚燮则通过《万岁前》展现了现实中的，而非想象中的朝鲜。

经历过三一运动的廉尚燮让叙述者回顾运动发生前一年的朝鲜，从另一个侧面反映了作家反省的意图。作品的大体内容如下：接到妻子病危的电报后，从日本回到殖民地朝鲜的过程中，主人公李寅华遇到了很多人和事，逐渐发现这里是“墓地”。在结束妻子的葬礼后，主人公整理了与日本女子静子的关系，重新回到了东京。值得关注的是，李寅华是在日本留学的朝鲜留学生。李寅华可以说是廉尚燮个人留学经历的某种程度的反映。在实现近代化的日本，虽然李寅华在享受相对的自由时接到了妻子病危的电报，但还是延迟归家，其中的缘由耐人寻

❶ 李光洙．无情 [M]．首尔：文学思想社，1999：364.

味。实际上，在留学前，他在家长的强制要求下结了婚，且有了孩子。他在形式上完成了家长制婚姻制度赋予的义务后，婚后半个月就选择了日本留学，目的是从沉闷的家庭气氛中解放出来。因此，虽然不是肉体，但严格地说，他的精神已经“离家”。在日本，即使不是酒色之徒，他也和酒吧女招待静子、朝鲜留学生乙罗保持着暧昧的关系，过着与作为丈夫这一身份相去甚远、多少有些放荡的生活。他的这种罕见行为其实可以理解为对家长制伦理道德虚假性的反抗。

> 但问题不是善，也不是恶，而是脚踏在两者之间。不管是死是活，连眼睛都不眨一下就把学习放到一边回国探病，这是伪善。更何况从担心来这里喝酒好像犯了什么大罪就是一种矛盾。失去一条命和我喝酒是两码事。两件事不可能有任何联系。虽然“我的妻子”快死了，还喝酒？这等所谓的“良心”在抬头，但那不是真正的良心，而是“观念”这个恶魔在绑架人。人是错误观念的奴隶。❶

在李寅华看来，既然没有爱，那些不忠于自己内心的选择最终只不过是在虚假“观念”的压迫下做出的，尤其是封建家长制伦理道德的压迫之下。即使不爱妻子，也要勉强履行丈夫的义务，这种强迫感给他带来了痛苦。这种痛苦在他回国之后体现得淋漓尽致。在首尔的家中，当亲属们因可怜濒死妻子的身世而潸然泪下的时候，李寅华反而想笑。所以在生病的妻子死后，在葬礼的时候因为没有一滴眼泪而受到了寡妇姐姐的指责。

李寅华的父亲和哥哥也是被这种虚假观念所束缚的人物。在韩日合并之前，父亲一直想要通过政治上的出人头地来谋求扬名立身，但由于国权的丧失，欲望受挫，他和金医官一起成立了谋求“日鲜友好”的同友会，以拉帮结派和相互占有的方式度日。小学教员金泉大哥省下所剩无几的家产，通过投机的方式赚钱，供李寅华留学。但他也是一个堕落的人物，以只有生儿子才是孝顺父母的义务为借口，把家族没落的熟人的女儿当作妾，以此来满足自己的欲望。因此，在李寅华看来，哥哥所谓的救济或慈善的最终出发点还是在自己❷。这种思维方式也体现在哥哥对待与刚刚进驻的日本商店形成鲜明对比的自家颓败的大门的态度上。

> “这段时间变化很大啊！”我看着哥哥，哥哥像是在想什么的人一样笑着点了点头。
>
> （略）
>
> “几乎快倒了，不能修一下门吗？”我自言自语地问道。“能住多久啊！这里再过不久，也会变成日本人居住的村子。再等等，明年我会以适当的价格卖掉。不管怎么说，按现在的市价，这里最贵了。”❸

---

❶ 廉尚燮．万岁前 [M]// 金庆洙．廉尚燮中篇小说选．首尔：文学与知性社，2005：22.
❷ 廉尚燮．万岁前 [M]// 金庆洙．廉尚燮中篇小说选．首尔：文学与知性社，2005：100.
❸ 廉尚燮．万岁前 [M]// 金庆洙．廉尚燮中篇小说选．首尔：文学与知性社，2005：92.

与李寅华要求修缮即将倒塌的传统住宅大门相反，哥哥对这一点毫不在意，地价上涨，明年再卖的态度乍一看可能无关紧要。但是，如果说“颓废的大门”或“倒下的门”象征着传统家族的真实境遇，真心遗憾的人反而是李寅华，这一点极具讽刺意味。这与哥哥以继承家族的名义娶妾生子形成了极大的反差。

父亲和哥哥的思考方式自然与李寅华相去甚远。对他们来说，虽然那是虚伪的，但其出发点和归宿毕竟在家族。因此，不能容忍任何威胁家族的行为，所有的选择都必须以经营家族为目的。不能期待这些人物有任何的社会活动。因此，他们看待以培养有个性的人为目标、梦想教育事业的李寅华的目光自然不会那么友善。

> （略）因为个性是珍贵的，所以经常以要根据各自的个性进行教育为由来辩解。但最终我意识到只能死心。我发现他们的世界和自己的世界完全隔绝。我开始觉得就像是坟墓里和坟墓外，是截然不同的两个世界。❶

在父亲和哥哥看来，李寅华即使专注于教育事业，也不可能用于乱世。对他们来说，金钱和权力才是存活于乱世的方法和手段，他们想要维系的世界没有超出家庭或家族的这一框架，因此，必然与向往更为广阔世界的李寅华产生冲突。正如宣告两个世界完全隔绝一样，在李寅华看来，他们所生活的家庭或家族这个世界就像一个小小的“坟墓”。那么他眼中的社会又是什么样的？

确切地说，从乘坐关釜（关东到釜山）航线的船只开始，李寅华开始了作为殖民地人的经历。虽然在日本享有相对的自由，但从办理登船手续开始，在日本警方的盘问过程中，他作为殖民地人的身份就开始不断被召唤。在澡堂里，工作人员们的对话给李寅华带来了很大的冲击。在此之前，他还只是个“书桌少爷”，是一个谈论诗歌之类的对现实漠不关心的人。但是听到无辜的朝鲜佃农们是如何被日本人精心布置的骗局所欺骗，沦落为日本各地廉价劳动力时，开始了解残酷的现实。但一个朝鲜人来到澡堂叫自己，说要一起去一趟警察局，他马上又表现出战战兢兢的样子，生怕暴露自己的身份。从中可以看出知识分子一方面憎恨殖民统治，另一方面又不得不顺从的局限性。

> 双手插在外套口袋里，呆呆地站到某个时候，不知不觉间流出了热泪，流到了涨红的左右脸颊。被寒风吹得凉飕飕的，我没洗，依然站着。❷

还有两分钟轮船就要始发，此时，李寅华甩开检查行李的日本警察上船，在甲板上流泪。虽是留学生，但年纪尚小，可以说对殖民地统治既害怕又愤怒。

❶ 廉尚燮．万岁前 [M]// 金庆洙．廉尚燮中篇小说选．首尔：文学与知性社，2005：91.
❷ 廉尚燮．万岁前 [M]// 金庆洙．廉尚燮中篇小说选．首尔：文学与知性社，2005：64.

李寅华抵达堪称朝鲜殖民地近代化缩影的釜山，看到了日本住宅及商店接连不断地进驻，相反朝鲜的传统房屋却急剧减少。但是，尽管祖先千百年来一直维持生计的家园被夺走，但釜山的原住民们认为“我们做梦也没有想过是因为被什么势力排挤，或者是因为自己不够踏实，或者是因为没有自制力和忍耐力而挥霍一空。❶”他们只是满足于这种住宅变化带来的便利。

另外，在朝鲜人母亲和日本人父亲之间出生的酒吧混血女孩想要寻找父亲而不是母亲的问题上，李寅华看到的是“超越子女对父母的情理的某种利害关系或某种趋势的想法”❷。不去找生下自己的朝鲜人母亲，而是去找七八年未联系的日本父亲的行为背后，是想要消除作为殖民地人的自卑感，获得帝国日本国民身份的心理在作祟。作家以这种方式间接地提出了民族问题。

在金泉开往首尔的火车上，李寅华和包括斗笠商贩在内的一行人讨论了朝鲜的墓地制度。斗笠商贩坚持传统的服饰和发型，究其原因，这样做可以从日本帝国主义当局的欺压中相对自由。李寅华认识到从一开始就应该打消他们认识到现代服饰和发型所具有的便利性和卫生性的期待。不仅如此，一行人完全没有意识到殖民地当局颁布的近代墓地制度所具有的掠夺的本质，只执着于对祖先的一种孝心，以土葬的方式固守墓地。看着这些，李寅华的心情更加郁闷。在他看来，人们只是机械地固守已经失效的封建伦理道德。在大田开往首尔的火车上，周围的行人们看到被捆绑的毫无廉耻之心的女人及日本巡警的眼色，开始畏手畏脚。看到这一切，李寅华的耐心终于达到极限并爆发了出来，从而得出结论，朝鲜犹如尸体腐烂的墓地。

> （略）在蛆虫熙熙攘攘的坟墓里，大家都是蛆。你也是蛆，我也是蛆。在其中，进化论的所有条件每一秒钟都在进行！有生存竞争，有自然淘汰，所以大家会因你有出息，还是我有出息而相互仇视。但不久后，蛆就会一个个解体，变成元素，变成泥土，或进入我的嘴里，或进入你的鼻子里。不管是你还是我，只要是死了，将来都会变成元素或泥土。啊！去死吧！全都消失吧！完蛋吧！不管发生事态还是灭亡，等一切结束了，说不定会有好一点的出现。……❸

朝鲜民众因封建家长制及日本帝国主义殖民统治，如同一群失去生命力的“蛆”。殖民地朝鲜这个巨大的墓地，可以说就是埋葬这种爬满蛆虫尸体的集合体。如上所述，李寅华的家不过是一个小小的“坟墓”，但它在朝鲜这个环境下具有的典型性不言而喻。与社会隔绝，梦想着独善其身的众多小“坟墓”聚集在一起，终于形成了朝鲜这个巨大的墓地。因此，李寅华在首尔参加完妻子的葬礼

❶ 廉尚燮．万岁前 [M]// 金庆洙．廉尚燮中篇小说选．首尔：文学与知性社，2005：76.
❷ 廉尚燮．万岁前 [M]// 金庆洙．廉尚燮中篇小说选．首尔：文学与知性社，2005：84.
❸ 廉尚燮．万岁前 [M]// 金庆洙．廉尚燮中篇小说选．首尔：文学与知性社，2005：125.

后，毫无留恋地回到了东京。他在写给酒吧女招待的信中流露出如下心情。

> （略）妻子终于了结了自己顽强的生命，但绝不能认为她死了。为什么呢？是因为她对身为丈夫的我留下了“救你自己！开拓自己的道路！”这一宝贵的教训。[1]
>
> 现在的欧洲不也宣告停止残酷的屠戮，签订了停战协定吗？欧洲的天地，不只是欧洲，全世界都充满了新生的曙光。[2]

对于妻子的死，李寅华赋予了警示意义。这可以理解为对封建家长制的批判。事实上，李寅华的妻子也是一样，被强制要求结婚，是封建家长制婚姻的牺牲品。她只是扮演了生育工具的角色，从来没有作为一个人受到过爱和尊重。因此，她的死给了李寅华一个启示，就是要摆脱压抑的家庭环境。但他也不能和静子建立恋爱关系。虽然第一次世界大战后，民族自决及改造思想确实在全世界掀起了热潮，但最终被证明只是假象。只有势力范围发生了变化，实际上世界仍然处于殖民体系，朝鲜也只是日本的殖民地。在这种情况下，朝鲜人和日本人之间存在以平等为基础的真爱，这对于头脑冷静的主人公来说，从一开始就超出了预期。这就是李寅华整理与静子关系的原因。

综上所述，也很难期待李寅华为了大义而献身。因为虽然从道义上还是从书本上讲，都应该与民众并肩作战，为他们工作，但如果真的与他们面对面，又会皱起眉头，并再次确认在情感上无法融合[3]。李寅华试图逃离“失去生活能力的白衣民如同魍魉一般蠢蠢欲动的坟墓”[4]一样的朝鲜，拒绝回归家庭，对进入社会也持保留态度，最终决定自己指导自己的生活，即选择所谓的向心生活[5]。

李寅华这种追求“真实自我”的意识构成了大正期日本留学生文人共同的精神养料。如前所述，无论是朱曜翰的小说，还是罗京锡的散文，都找到了这样的线索。他们都诅咒封建遗制浓厚的殖民地朝鲜，重新回到“天堂”日本。但与他们不同的是，廉尚燮通过《万岁前》向朝鲜留学生说明，被象征为“天堂”的日本也不过是不断唤起殖民地身份的可怕空间。因此，李寅华选择东京也只是基于对殖民地朝鲜的相对优势。

再来看《灭亡》。这部作品是1927年国民大革命失败后作家巴金郁愤的产物。接触新思想的农村青年杜大心为了抚慰封建家长制婚姻的创伤，在走向社会的过程中，逐渐接受革命思想，在上海加入社会主义团体。在革命事业进入低潮期时，他与李静淑相遇，在爱情和革命之间犹豫不决，最终因暗杀封建军阀失败

[1] 廉尚燮．万岁前 [M]// 金庆洙．廉尚燮中篇小说选，首尔：文学与知性社，2005：159-160.

[2] 廉尚燮．万岁前 [M]// 金庆洙．廉尚燮中篇小说选．首尔：文学与知性社，2005：161.

[3] 廉尚燮．万岁前 [M]// 金庆洙．廉尚燮中篇小说选．首尔：文学与知性社，2005：67-68.

[4] 廉尚燮．万岁前 [M]// 金庆洙．廉尚燮中篇小说选．首尔：文学与知性社，2005：159.

[5] 廉尚燮．万岁前 [M]// 金庆洙．廉尚燮中篇小说选．首尔：文学与知性社，2005：158.

而选择自杀。但李静淑继承了他的意愿，将革命事业继续下去。

和《万岁前》一样，促使《灭亡》的主人公杜大心离家出走的重要契机也是封建家长制下的婚姻。他本来和表妹相爱，但姑母夫妇打算把表妹嫁到大户人家。父亲早逝的杜大心和妈妈相依为命。因为农村依然是封建遗制残留之地，所以有女儿的家庭往往想通过与有威望和财力的家庭结婚来维系自家。最终，相爱的恋人分手，表妹嫁给了一个身形佝偻且脸色苍白的男人。

> （略）我们还是小孩子的时候，你们把我们关在慈爱的家庭监狱里。为了你们底爱，你们竟把你们底偏见、你们底无知一起传给了我们；我们长大成人的时候，你们又把我们抛到这残酷无情的社会中，让我们这些娇养惯了的孩子被人摧残，受人践踏。……（略）
>
> 不错，你们做了无数年代的奴隶，然而可曾有一个时候，你们想站起来做一个自由的人吗？无数的年代过去了，你们竟没有反抗的念头！……你们中间懦弱的就做了男人底柔顺的奴隶，强项的就做了折磨男人的主人。……你说，如果你们还有一点自由人底感觉，那珠玉的首饰，华丽的服装，香艳的脂粉，难道不会压碎你们底头脑，烧灼你们底身体，染污你们底面貌吗？你知道那些东西是什么做成的？……❶

杜大心在上海从事革命事业的过程中，有一天晚上表妹出现在他的梦境中，他声讨了她。在这里封建家长制的弊端暴露无遗。女性在封建家族制中的地位低下。她们只专注于家务，作为丈夫帮手的她们只不过是维持封建家长制的工具而已。把孩子关在“家庭监狱”里，切断与外界的联系，使其无法适应社会。在杜大心看来，包括表妹和母亲在内的所有女性都只忠实于这些角色，从未想过自由人的生活。因此，他在梦中批判包括表妹及母亲在内的女性，并拒绝爱情，实际上等同于宣布与封建家长制决裂。

新女性李静淑也是为了摆脱父权制的伤害而果断离家出走的人物。有趣的是，她的父亲李成龙与李寅华的父亲在很多方面有着相似之处。两人虽都贪图权力，但与因韩日合并而出人头地欲望受挫的李寅华的父亲不同，实际上李成龙曾担任过清朝的官吏。辛亥革命后，他用担任官吏时期贪污的巨款购买了良田，娶了妾，过上了奢侈的生活。虽然不像李寅华的父亲那样参加亲日团体同友会，但也拒绝了朋友希望他入世的劝告，理由是不能辜负“大清三百年的深仁厚泽”❷。声色犬马、奢侈淫逸，他与李寅华的父亲并无两样。李成龙极力反对受到五四新文化运动影响的女儿李静淑进入大学学习。坚持传统思想的他和接触新思想的李静淑之间的矛盾日益加深。最终，后者说服母亲，摆脱压抑的家庭环境，争取到

❶ 巴金．灭亡 [M]// 巴金全集：第 4 卷．北京：人民文学出版社，1987：37-38.
❷ 巴金．灭亡 [M]// 巴金全集：第 4 卷．北京：人民文学出版社，1987：45.

了去上海上大学的机会。

总的来说，李成龙和李寅华家里的男性都没有脱离传统家庭这个圈子。对他们而言，经营家族优先于一切，与社会的连带性从一开始就被一概排除在外。金钱和权力只是维系家族的手段。无论是李成龙的家，还是李寅华的家，都算是一个小小的“坟墓”。

和李寅华一样，杜大心也在堪称半殖民地中国社会迷你版的上海遇到了家族以外的景象。外国殖民势力和本国封建军阀势力交织的上海与日本帝国主义统治下的京城（首尔）相似。在杜大心眼中，中国民众毫无精气神。但与《万岁前》不同，《灭亡》采用了过去和现在交叉叙述的方式。作品以杜大心在上海目睹封建军阀秘书撞死人的场面开始。重要的是，尽管撞死了人，秘书淡然地把钞票给了出来处理事故的警察，之后悠然地离开了现场。目击此事的民众个个都在哀叹死者的命运，但谁也不敢声讨秘书。更准确地说，是明知真相，却故意回避。因为与帝国主义殖民统治一样，封建军阀的统治也是极其残酷，稍有不慎，就会惹火上身。但尽管如此，唯有杜大心怒骂秘书是“狗东西”[1]。

第二天，在前一天死人的地方，杜大心再次看到了两个场景。一个饥肠辘辘的孩子在蔬菜店偷了一根胡萝卜时，被女主人抓住，无情地挨了一顿打，最后被带到租借地警察署。但女主人特别凶，像赢得战争的胜利者一样趾高气扬。在这里有必要注意租借地的警察署。事实上，这个充当着殖民统治势力代理人的组织代表的并不是本国民众，而是外国人的利益。尽管是同胞，但唯独欺凌弱者的女人与《万岁前》中残忍对待本国同胞的殖民地朝鲜官吏极其相似[2]。作品中出现的封建军阀集团底层士兵同样也表现出相似的精神面貌。他们把自己不能尽情吸食鸦片的原因归咎于革命党人，拿被抓的人出气。因为革命党人发动了革命，他们的“稳定生活”被破坏。他们忘记了鸦片是伴随帝国主义侵略而产生的“毒瘤”，忘记了自己也是受害者。但尽管如此，他们还是镇压了身为同胞的革命党人。更让人叹为观止的是民众看待女主人暴打孩童的态度。

> （略）一切都是幽静而安闲，阳光驱散薄雾，慢慢地从屋脊上爬下来。右边一排店铺底屋檐上染着黄金色。旁边屋脊上坐着一只黑猫，在晒太阳，拿它底前脚在头上搔痒。在一家檐角下挂着一个鸟笼，里面装着一对白燕，在歌唱着欢迎新来的阳光。一切都是幽静而安闲。店铺里柜台旁边摆着老板或店伙们底悠悠的找不出一点表情的黄脸，有的眼望着街中闲散地缓步的行人，有的口衔纸烟在和同伴谈天。昨天的惨剧是不留一点痕迹了。（略）因为不仅这空气、这环境是异常和平，而且就

[1] 巴金．灭亡 [M]// 巴金全集：第 4 卷．北京：人民文学出版社，1987：11.

[2] 廉尚燮．万岁前 [M]// 金庆洙．廉尚燮中篇小说选．首尔：文学与知性社，2005：106.

从那些摆在柜台旁的黄脸上看来，也可以推测出，在他们底一生中，流血的惨剧是不曾发生过的。不仅汽车不曾碾死人，黑小孩不曾因偷东西而被打，被拉进巡捕房，就是各地连年战争，军阀鱼肉人民，流氓与土匪横行，外国人在中国土地上作威作福，以及革命党被人屠杀等等的事，都是不会有的。何等幸福的人生啊！❶

上面的一段文字集中体现了中国民众整体的精神面貌。他们关心的只有自己的衣食住行，其他的一概排除在外。他们不知道或明知自己生活不幸的根源是什么，却漠不关心，无异于《万岁前》中随时出现的愚昧无知的殖民地朝鲜民众。接着出现第二个场景。

杜大心目送着他底背影直到看不见为止，然后又回过头把眼光射在昨天流血的地点上。霎时间他看见从地底下爬出来昨天的那个尸体，而且站了起来，相貌恰和刚才看见的推粪车的人一样。呀！不止一个，是两个，四个，八个，十个，千个，万个！街上过往的人都是！同样的衣服，同样的面貌。他感到一种压迫，先是怀疑，后来就是恐怖了。"呸！这是不可能的事！我不信！"他努力睁大眼睛，果然什么都没有了。一切依旧是幽静而安闲。他有点莫名其妙。忽然在他底耳边，有人在大声说："我们在贫穷里生，我们在贫穷里受苦，我们在贫穷里死。这都是为着你们。"这不是一个人底声音，这是一万人底声音，百万人底声音，乃至全个阶级底声音。他想到这所谓"我们"和"你们"，不觉猛烈地战抖起来。❷

女主人拽着孩子去租借地警察署后，衣衫褴褛的老人带着孙女推着粪车经过街道。看着祖孙二人的主人公再次将目光转向发生事故的地方。包括昨天在事故中死亡的人在内，共出现了数千、数万具尸体。这里，尸体所具有的象征性不言而喻，它是指被制度压迫而无辜牺牲的民众。《万岁前》把朝鲜比喻为蛆虫丛生的坟墓，把殖民地大众比喻成蛆虫。杜大心虽将本国的民众比作尸体，但这里存在质的差异。李寅华眼中的朝鲜民众的形象就是坟墓里的蛆虫，但杜大心则不同。他虽然把中国的民众比作尸体，但这些民众不会只停留在"尸体"这一层面。他们在之后会觉醒于阶级压迫，并成长为新的反抗的主体。杜大心和李寅华不同的民众观恰好体现在了这一点。对李寅华而言，民众虽然是理论上并肩的同志，在情感上却是无法忍受的陌生群体。但杜大心则完全不同。

（略）在他底脑筋里又现出一幅将来的图画：他们两个人或是共同生活在都市的工人区域中，或是生活在安静的、风景优美的乡村里，教

❶ 巴金．灭亡 [M]// 巴金全集：第 4 卷．北京：人民文学出版社，1987：43.
❷ 巴金．灭亡 [M]// 巴金全集：第 4 卷．北京：人民文学出版社，1987：43-44.

育工人、农民以及他们底孩子，为他们工作，向他们宣传自由平等的爱之福音。她和他分甘苦，共患难。她会拿她底那种优美的、宽厚的、伟大的精神去帮助人民。人民渐渐地觉悟了。他们爱她，她也爱他们，他们会把她当作小母亲。……于是人民动起来了。……他感到莫大的快乐。❶

在描绘“应该有的现实”而不是“既有的现实”的这个环节中，可以看到杜大心和李静淑启蒙民众的乐观前景。即使现在无知和蒙昧，但相信经过启蒙，民众也会重新成为新的强大主体，成为革命的中坚力量。这与李寅华对待民众持怀疑的态度有着质的区别。

还有一点需要指出的是，《灭亡》中杜大心和李静淑的关系。在上海相遇的两人彼此产生了情愫，但最终没有发展成恋人。虽然相爱，但除了要投身革命事业的强迫观念，再加上肺结核晚期这一疾病，杜大心放弃了这段感情，最终因暗杀军阀未遂而选择自杀。但在他死后，李静淑接替他继续投身革命事业。也就是说，在精神上延续了现实中无法获得的“爱”。但李寅华的情况则不同。他与原配的婚姻本来就不是以爱情为基础，与静子的感情又夹杂着民族问题，所以始终无法和她们建立情感关系。这种关系的成功与否与围绕主人公的周围环境也有一定的关系。对李寅华而言，面对内部封建家长制，外部的民族问题，整体环境较为闭塞，而杜大心虽然同样面对内部的封建家长制，但走向外部，仍有实现理想和信念的可能性。不仅如此，两人信奉的思想也不同。李寅华追求的是以个人为中心的“向心生活”，而杜大心追求的则是人类的普遍幸福。❷

最终，李寅华离开殖民地朝鲜前往东京，李静淑接替死去的杜大心进入工厂继承革命事业。与选择“个人”的李寅华不同，继承杜大心的李静淑选择了“集体”。

其实就李寅华而言，严格意义上讲，应该理解为其两次选择了离家。第一次离家就是去日本留学。留学本应是面向外部世界，但对李寅华来说，日本留学其实是面向帝国中心的过程，因此，这也意味着他的留学需要体验“陌生的内部”。从这个意义上说，李寅华的“回国”是一次从未知的世界走向已知世界的非常矛盾的旅行，而这一点恰好体现了《万岁前》的卓越。因为通过这次旅行，李寅华几乎重新认识了朝鲜社会：曾经熟悉的世界变得让人错愕不已。这种未知和已知世界的颠覆，就像“殖民母国”一词所体现出的矛盾，促使他重新回到了日本。这就是李寅华第二次离家的意义：在帝国的格局下，通过同时体验旧时代的落后性和近代的暴力性，将殖民地这一被强制的矛盾视为坟墓，最终使他逃离最熟悉的世界。但无论是朝鲜还是日本，严格来说都属于帝国的范畴，因此对李寅华来

❶ 巴金．灭亡 [M]// 巴金全集：第 4 卷．北京：人民文学出版社，1987：154-155.
❷ 巴金．灭亡 [M]// 巴金全集：第 4 卷．北京：人民文学出版社，1987：98.

说，无论走到哪里都不能排除政治压迫这一因素。但与朝鲜相比，日本是可以保障相对自由的空间。李寅华提倡的“向心生活”需要在这样的背景之下理解。在闭塞的空间，无法与他人乃至世界建构关系的情况下，忠于内心的行为可以说是一种现实的选择。但《万岁前》与初期三部曲相比，通过旅途结构，突出了内心世界和认识的外延。

巴金通过留学法国，培养了世界公民意识。在这一过程中，他着眼于社会运动，作为其中的一环创作了小说。他的男性离家叙事指向了中国社会运动这一广阔的天地。这虽然意味着对中国封建家长制的幻灭，但同时也是依然热爱并想要启蒙中国民众意识的投影。另外，从走向中国民众这一点来看，也是一种面向未知世界的“浪漫之旅”。日后，他的家族小说通过三部曲这一体量，展现了从离家到归家的过程，是社会运动家、小说家巴金想要展现中国社会“整体性”欲望的产物。另外，他的离家叙事仍然以浪漫的希望和爱为前提，因此在后来的家族小说中也包含了重建和经营家族的意志。他的家族小说通过三部曲的庞大篇幅留下了希望的种子，正是基于这种特有的浪漫性，而法国留学期间涉猎的世界文学及世界公民意识恰好为这种浪漫性提供了充足的养分。

相反，廉尚燮则将在殖民地中心（日本）体验近代并回到周边地区（朝鲜）的过程作为小说《万岁前》的主要内容。因此，从一开始，李寅华的留学就不是体验开放的新世界，而是体验在殖民统治强大向心力和殖民地朝鲜的落后性所产生的合力之间的无奈与心酸。李寅华特有的不轻易给予任何人和事以情感的冷峻视线应该归因于此。因此，他为留学离家后又重新回到朝鲜的一系列过程，既是体验对整个殖民地世界的幻灭结构，也是作家掌握与世界对抗、不和的方法的过程。但是通过这一过程，廉尚燮作为小说家获得了独特的伦理性。他通过体验近代性所具有的暴力结构，不认同并不断怀疑它所展现的美好未来。同时，对于血统及近亲性也保持清醒，最终获得了不偏袒任何一方的公平视角。日后廉尚燮从《万岁前》的离家到《三代》归家的家族回归叙事，应该看作是这种伦理视角的产物。离家的主人公以赵德基的形象回归“家庭”，并不意味着单纯地与现实妥协，而是在延续家族的过程中，冷静地描写以金钱为媒介的人的欲望，是廉尚燮特有的“不和谐的美学”创造的产物。他希望更加客观地看待自身的处境。从这一点来看，《三代》这部小说与其说是外部世界的扩张，不如理解为“内心世界的扩张”过程，即通过家族从根本上反思从初期三部曲到《万岁前》的过程中展现的内心世界。

另外，消除了对描写对象的一丝怜悯或爱意，这一点在处理《二心》的主人公春京的方式体现得尤为明显。廉尚燮描写了春京的欲望，但在描写这种欲望的过程中，受女性贞节等社会传统观念或常识影响，使小说陷入了通俗世界。也就是说，这种视线在《三代》中与作家的伦理性结合在一起，以“不和谐的美学”的形式发挥了独特的作用，但在《二心》等作品当中，只作为观察者，着眼于世态。这也为之后的小说走向通俗埋下了伏笔。所有这些作为作家的道路最初都是在李寅华旅行中与世界产生的不和中奠基的，因此应把他的家族叙事解读为离家叙事。

第二节　爱情、社会改革叙事的深化

前文了解了两位作家小说中的青年男女摆脱封建家长制束缚下的“家”，体验殖民地和半殖民地社会现实，分别选择了“拯救自我”及“革命”的道路。但两国青年各自趋于个人和社会的这种选择并不是绝对的，其界线非常模糊。对青春的眷恋，对社会、民族的责任总是让他们面临两难的选择。廉尚燮的《爱与罪》和巴金的“爱情三部曲”正是表现这类主题的作品。《爱与罪》在涉及民族独立问题的同时，也很重视男女的爱情问题。由《雾》《雨》《电》组成的“爱情三部曲”也是以青年男女的爱情和革命故事为主要内容。两部作品在关注“理念”和“爱情”方面都有相似性。还有一点需要指出的是，与同时期以“革命+爱情”为主题的普罗小说不同，两部作品中出现的爱情让位于信仰，而是作为“爱情”本身得到了充分的尊重。

首先来看廉尚燮在发表《爱与罪》之前，于1927年8月9日在《东亚日报》上发表的一篇名为《作家的话》的评论。在这篇文章的开头，廉尚燮提出了较为全面的概念——爱。在他看来，虽然在儒家思想的道德体系中，孝是百行之源，但究其原因，其实只是爱的一种表达方式。因此，“爱是百行之源”❶，同时反过来又称“生命之源在于爱”❷。那么他所说的“爱”指的又是什么？

> 那么爱是什么？空无的人心中涌出的纯情和真心，指的是战胜贪婪的心。抛开自私的贪欲时，全心、全意、全灵要接受和拥抱除自己以外的一切。因此，爱终究是牺牲精神的体现。❸

爱是“从空无的人心中涌出的纯情”，归根结底是“牺牲精神”。与此相反，廉尚燮也提出了罪的概念。

> （略）如在本心之外追求幸福，那么诸位只会重复罪恶，其生命只

❶ 廉尚燮．作家的话——《爱与罪》[M]// 韩基亨，李惠铃．廉尚燮文章全集：第1卷．首尔：晓明出版社，2013：649.

❷ 廉尚燮．作家的话——《爱与罪》[M]// 韩基亨，李惠铃．廉尚燮文章全集：第1卷．首尔：晓明出版社，2013：649.

❸ 廉尚燮．作家的话——《爱与罪》[M]// 韩基亨，李惠铃．廉尚燮文章全集：第1卷．首尔：晓明出版社，2013：649-650.

会增加褶皱。[1]

当不在自己的本心而是在其他地方追求幸福的时候，也就是说，当一个人采取自私而不是利他的姿态时，人就会犯下罪恶，而生命也不再美丽，就像枯萎的花瓣。

之所以把小说命名为《爱与罪》，有着作者独到的见解，那便是反思朝鲜人“是不是懂得爱”，“彼此犯了多少罪，被不幸的生活所折磨，生命变得多么枯萎和困倦”。

需要说明的是，在犯罪对象的设定上前者是“他们”，后者是“父母、兄弟、夫妻、一家、亲戚、邻居、同胞、人类”。但是，如果把前者替换成日本人，后者替换成朝鲜人，那么韩民族内部的矛盾就会变成韩民族与日本帝国主义的矛盾，这部小说会被赋予反帝国主义的性质。通过对其他民族的统治谋取自身利益的行为，恰恰与上面提出的“爱”的概念相违背。因此，廉尚燮所说的“爱”和“罪”在解释上包含了多样性。这也可能是他意识到日本帝国主义审查制度的写作意图。

下面来看“爱情三部曲”的序。

> 为什么要称这为《爱情的三部曲》呢？因为我打算拿爱情作这三部连续小说的主题。但是它们跟普通的爱情小说完全不同。我所注重的是性格的描写。我并不单纯地描写爱情事件的本身，我不过借用恋爱的关系来表现主人公的性格。在我们现在所处的这种环境里，这也许是一种取巧的写法。但这似乎是无可非难的。而且我还相信把一个典型人物的特征表现得最清楚的并不是他的每日的工作，也不是他的讲话，而是他的私人生活，尤其是他的爱情事件。[2]
>
> 你不过读了《雨》的前三章。我以后将怎样写下去，你还不知道。你说这部小说的阴郁气太重，但是这阴郁气并不曾隐蔽了贯串我的全作品的光明的希望。我早已不去想那个黑影了。事实上，我已经把它征服了。你知道龚多塞在服毒以前曾写下他的遗言道：“科学要征服死。”另一个诗人说：“爱要征服死。”这句话也曾被我的《死去的太阳》的女主人公重复说过。我的爱已经把那个黑影征服了。我的对于人类的爱鼓舞着我，使我有力量跟一切奋斗。所以在夜深人静时黯淡的灯光下鼓舞着我写作的也并不是悲苦的心情，而是爱，对于人类的爱。这爱是不会死

[1] 廉尚燮．作家的话——《爱与罪》[M]// 韩基亨，李惠铃．廉尚燮文章全集：第 1 卷．首尔：晓明出版社，2013：650.

[2] 巴金．《爱情的三部曲》总序 [M]// 巴金全集：第 6 卷．北京：人民文学出版社，1988：15-16.

的。事实上只要人类不灭亡，则对于人类的爱也不会消灭，那么我的文学的生命也是不会断绝的罢……❶

《电》不能说是以爱情做主题的，它不是一部爱情小说；它不能说是以革命做主题的，它也不是一部革命小说。同时它又不是一部革命与恋爱的公式小说。它既不写恋爱妨害革命，也不写恋爱帮助革命。它只描写一群青年的性格，活动与死亡。这一群青年有良心，有热情，想做出一些有利于大家的事情，为了这个理想他们就牺牲了他们个人的一切。❷

在第一段文字中，巴金将自己创作“爱情三部曲”的动机称为为了展现“人物性格”，更确切地说，是为了展现“典型的人物形象”。为此，他把重点放在了“私人生活”而不是“公共生活”上。在他看来，为了捕捉一个人真实的样子，关注他的私生活，特别是“爱情生活”是最有效的方法。但是他所说的“爱情生活”，不是男女之间的情爱，而是这一过程中人物性格的变化。第二段文字来源于创作《雨》的过程中与朋友之间的书信。尽管朋友指出小说内容黯淡，但巴金明确表示，那只是表象，其本质仍然是“光明”的，并说创作这些小说的心理动机无他，是出于“对人类的爱”，而自己“文学的生命力”也是出于这种动机。在这里，巴金所说的爱在范围和意义上可以说更为全面。在第三段文字中，巴金阐述了《电》的性质。在他看来，这部小说既没有描写“爱情”，也没有描写“革命”，更没有描写“爱情 + 革命”，只是重点刻画了青年的苦恼和哀伤。这里需要关注的是这些青年的理想和精神，前者不是为了“少数”，而是为了“多数”（大家）做“有益的事情”，后者是为了实现这一理想所需要的“牺牲精神”。

值得一提的是，巴金在这里要说的“爱”与廉尚燮在《爱与罪》的序言中所说的“爱”有异曲同工之妙。巴金在考察小说中个人的整体面貌时说，没有比“爱情”，特别是处理异性关系更恰当的方法。但他没有限于这种异性恋，更进一步地指向了“为所有人的人类爱”，并强调在这种“爱”的背后，需要有“为所有人牺牲的精神”作为支撑。廉尚燮也和巴金相似，强调了“爱”是由男女之间的异性恋到兄弟爱、父母爱、同事爱、人类爱的范畴，并强调了为了他人的“牺牲精神”。

通过以上讨论和对比可以看出，廉尚燮和巴金强调的“爱”兼顾了人类生活“私人领域”和“公共领域”的范畴，而支撑这一范畴的就是利他的“牺牲精神”。

❶ 巴金.《爱情的三部曲》总序 [M]// 巴金全集：第 6 卷. 北京：人民文学出版社，1988：19.

❷ 巴金.《爱情的三部曲》总序 [M]// 巴金全集：第 6 卷. 北京：人民文学出版社，1988：37.

相反，相对于“爱”，“罪”这个概念大体上泛指自私，范畴如同“爱”。

为了明确两位作家提出的“爱”的概念，有必要关注两部作品中出现的人物。他们大致可以分为两类：过着堕落生活的人和努力奋斗的人。《爱与罪》以李海春和池顺英为中心，爱情三部曲以吴仁民和李佩珠为中心，交叉其他人物的故事。与以李海春和池顺英的故事为中心的《爱与罪》不同，爱情三部曲由三部长篇组成。中心人物吴仁民和李佩珠的故事直到第二部长篇《雨》才正式开始。但第一部长篇《雾》中登场的主人公周如水是为了衬托和突出吴仁民而设定的。也就是说，作者的目的在于通过展现周如水的堕落人生，突出了吴仁民积极向上的人生。

《爱与罪》的情节大致如下。留学日本的画家李海春在首尔专心创作绘画的同时，在好友金浩然的介绍下，与 Severance 医院护士池顺英邂逅。金浩然的社会身份虽是律师，但实际上是社会主义组织干部，受嘱托照顾女性独立运动家韩熙义结金兰的妹妹顺英。海春在聘用顺英为模特绘画的过程中爱上了她。但他们的爱面临考验。海春和浩然识破了想要将顺英嫁给亲日资本家柳泽秀为妾的海洲姨太和郑玛利亚一行的奸计，最终有情人终成眷属。但金浩然从事民族独立运动的事实曝光后，在平壤接受公审，而海春和顺英乘坐奉天行列车前往中国东北。

李海春的父亲因韩日合并“劳苦功高”，接受了日本赐予的贵族头衔，自此家族世袭这一爵位。早年通过留学日本专攻西洋画的他结束学业回国，借住在日本朋友深草梅夫家绘画，故意拖延着不回家。他之所以做出这种行为，还要归咎于封建家长制婚姻。实际上，他 13 岁就早早成婚，而现如今妻子也因染疾而命不久矣。这与《万岁前》的开头部分相似。在画人物画的过程中，需要模特的李海春通过朋友金浩然邀请到了池顺英。在绘画的过程中，两人确认了对彼此的爱慕之情，但问题在于封建婚姻中的伦理和门阀意识。

> （略）说句不该说的，即使自己的妻子离开人世，情况顺利娶了顺英，但要与爵位、门阀作斗争，这摧毁了海春的热情。在自由思想催生下的姐姐结婚失败的今天，大小家不可能放过他，这是显而易见的。一门一族都会站起来反对。[1]

在这段文字中，海春想象与顺英结婚。可以看出，除了传统的阶级意识，以封建家长制为基础的门第意识仍然发挥着作用。海春之所以不追求新的爱情，也是因为充分意识到了这一点。如果妻子去世后与顺英再婚，困扰海春的就是顺英的平民身份。鉴于“官宦与平民不同席”的社会风气依然存在，海春已经预测到顺英平民的身份会是两人爱情的致命伤。不仅如此，他甚至还明白自己的婚事由不得自己，而是被家族的利害关系所左右。

[1] 廉尚燮．爱与罪 [M]// 廉尚燮全集：第 2 卷．首尔：民音出版社，1987：196.

（略）……如果我再结婚呢？……会引来平民、贱民的血脉。贵族的血、两班的血现在已经有点发炎了！两班的血里已经没什么东西了。即使把贵族的血脉完好地保存下来，也只会给社会留下一两个讨饭的乞丐，没有一点帮助……能稳住摇摇欲坠的柱子，现在看来也只有平民、贱民的血脉！……就这样我还算是贵族？……❶

尽管内心存在矛盾，但海春显然对封建等级制度持否定的态度。他早已厌倦了自己拥有的“贵族”头衔，知道这种身份没有任何理由存续。他明确指出，想要稳住“摇摇欲坠的柱子”，即拯救家庭、家族乃至以此为根基的社会，只能取决于“平民的血脉”。海春的这种打破身份等级、构建平等社会的意识可谓进步。

最终，海春在历经磨难后携手顺英。但如果小说就这样以两人修成正果结尾，难免会落入俗套。正如前文所指，廉尚燮在这部长篇中所向往的爱这一范畴不仅限于个人对个人的爱，还蕴含着更大的含义。因此，海春也会考虑除了个人问题以外的社会问题，而能够促使其做到这一点的人物便是金浩然。东京帝国大学法学系出身的金浩然曾与海春的妹妹海贞相恋。而在他和亲日资本家柳泽秀的儿子柳真之间权衡的海贞最终选择了后者。留学归来，浩然辗转于日本、中国等地，最终以律师的身份作掩护潜入朝鲜。实际上，作为独立运动团体“国内本部总指挥长”❷干部的他动员朋友海春从自己的部下那里高价购买人参，并将筹集到的这些钱作为海外独立运动的资金。后来，因此事，他在平壤接受公审。在这种情况下，他还起到了连接海春和顺英的桥梁作用。浩然看似对个人的爱情毫不关心，并把自己所有的心血都投入独立运动中，实际上他爱慕女性独立运动家韩熙。因此，对于曾对自己颇有好感的顺英，他以冷漠回绝。曾是亲日家族后代的海春在与金浩然相处的过程中，直接或间接地接触到了社会、民族问题，开始有了蜕变的可能。在浩然的委托下，他将支持民族独立运动的资金伪装成人参公司的钱，间接地为民族解放运动作出了贡献。不仅如此，他还在酒吧与社会主义者赤兔、日本无政府主义者山野之间展开争论，明确表明自己的政治立场。

“我先以为，如金君所说，走民族主义和社会主义折中路线才是当下朝鲜青年的出路……”❸

（略）赤兔奉劝海春丢掉子爵的头衔，成为自己阵营的一块铅，加入无产阶级战线，脱掉早已破烂不堪的锦袍。对此，海春说：“成为铅是必要的——镀金装饰如同妓女的发簪！但民族主义不是破旧的锦袍，

❶ 廉尚燮．爱与罪 [M]// 廉尚燮全集：第 2 卷．首尔：民音出版社，1987：74.
❷ 廉尚燮．爱与罪 [M]// 廉尚燮全集：第 2 卷．首尔：民音出版社，1987：288.
❸ 廉尚燮．爱与罪 [M]// 廉尚燮全集：第 2 卷．首尔：民音出版社，1987：210.

而是不得不穿的长衫。”[1]

海春批判了那些为了对抗帝国主义而盲目接受共产主义、无政府主义的人。相反，他支持选择介于民族主义和社会主义之间的折中路线的金浩然，更倾向于民族主义。社会主义者赤兔劝他放下子爵的头衔，参加无产阶级联合战线，但海春反驳，并说民族主义“不是破旧的锦袍，而是不得不穿的长衫”。对海春而言，民族主义是不能抛弃的根本。但尽管如此，海春仍然没有鼓起积极参加民族解放运动的勇气，“只是等待机会”[2]，执着于与顺英的爱情。但是浩然秘密准备独立运动资金一事被殖民当局发现，在平壤接受公判，海春和顺英选择奉天行列车前往中国东北。考虑到东北这一空间具有的象征性及一直等待机会参加民族独立运动的海春的独白，他们东北之行的目的极有可能是参加民族解放运动。

“这么快天就黑了吗？现在该回去了！话又说回来，我们恰似俄罗斯小说中的人物！”海春站起来笑着说了这样的话。外面虽有阳光，但电灯已经亮了起来。“你是不是想起了屠格涅夫的小说《前夜》？”浩然笑着说道。“谁说不是，如果说坐在沙发上的金君是英沙罗夫，顺英是叶琳娜，那么这一切没准就如同小说一样。”海春拿起帽子说道。[3]

值得注意的是，廉尚燮将金浩然比作英沙罗夫，将顺英比作叶琳娜。在小说《前夜》中，英沙罗夫和叶莲娜为夫妻关系。丈夫决心为民族独立奉献终身，但因病去世，妻子叶琳娜继承了丈夫的遗愿，以护士的身份投身保加利亚民族解放运动。考虑到女性独立运动家韩熙的结拜姐妹顺英拜金浩然为师，廉尚燮看似无意插入的这一故事情节极为重要。因考虑到当时无法公开谈论民族独立运动的殖民地朝鲜的社会情况，他想借用俄罗斯经典小说中的人物暗中表达自己的意图。

作品的女主人公顺英虽是新女性，但实际上更为接近传统女性。这与留美归来的钢琴家郑玛利亚形成了鲜明的对比。虽然同为新女性，但与为了满足一己私欲，不择手段，辗转于亲日资本家柳泽秀和殖民当局管理者之间的郑玛利亚不同，顺英有着外柔内刚的传统女性气质。最重要的是护士这个职业的设定。柳泽秀设计想要占有顺英，在高尚纯洁的护士面前相形见绌，更加凸显了后者。

爱情三部曲的男主人公虽为吴仁民，但如前文所述，直到第二部《雨》才登场。第一部《雾》的主人公周如水是为了突出吴仁民而设定的人物。留学日本的周如水主修教育学。和李海春一样，在父母的强迫下早婚的他，膝下有一个年幼的孩子。对妻子完全没有感觉到爱的他，虽然结束了留学生活，但仍拒绝回家，选择了城市而不是农村的生活。在这种情况下，他和新女性张若兰邂逅。彼此有好感的两人虽然顺利发展成了恋人，但面临封建伦理道德问题。对周如水来说，

---

[1] 廉尚燮．爱与罪 [M]// 廉尚燮全集：第 2 卷．首尔：民音出版社，1987：211.

[2] 廉尚燮．爱与罪 [M]// 廉尚燮全集：第 2 卷．首尔：民音出版社，1987：210.

[3] 廉尚燮．爱与罪 [M]// 廉尚燮全集：第 2 卷．首尔：民音出版社，1987：60.

父母之命不可抗拒是绝对的孝。因此，当张若兰向他表示好感时，他在高兴之余感到了负担，随即将话题转向自己主张的“土还主义”❶。

> （略）在十七岁的那一年，他在中学里还没有毕业的时候，他的父母给他挑选了一个妻子。于是在这样小的年纪他就做了一个女人的丈夫了。过一年，他又做了一个男孩的父亲。他对于这件婚事本来很不赞成，然而自己从小就被父母娇养惯了，遇事都是由父母替他安排决定，结果自己便成了一个优柔寡断的人。（略）虽说是那样地优柔寡断，然而他毕竟是一个青年，他有青年的幻梦，他梦想着怎样在外面创造一番伟大的事业，他梦想着有一个温柔美丽而又能够了解他的女子来做他的伴侣。然而这幻梦却让他的父母毫不怜惜地毁坏了。（略）他爱父母，他尤其爱他的母亲。每逢痛苦袭来的时候他便拿他对母亲的爱来做挡箭牌。❷

就这样，周如水不得不在“爱情”与“道德”之间经历选择的痛苦。对于父母指定的所谓家长制婚姻，他明显持拒绝态度。因此，尽管结了婚，但为了寻找自己想要的爱情，在日本留学的过程中也有过几次感情经历。但每当爱情来临时，他在道德上又会感到愧疚。父母的意愿对他来说无异于铁律，违背了它就违反了传统的孝。对于“爱父母，特别是爱母亲”的他来说，选择违抗并不容易。但在他眼里，妻子的样子“丑陋、软弱，一点都不亲切”，孩子也“无法唤起任何怜悯和爱”。这与《万岁前》的主人公李寅华极其相似。周如水就是在这种两难境地下变得“优柔寡断”。因此，他与李寅华截然相反，未能摆脱束缚，特别是封建家长制下的伦理道德。虽然张若兰向他告白，在一段时间内他貌似也鼓足了勇气，但最终还是意识到不能爱她，单方面宣布了分手。最后，他遵照父母的意愿回到农村，选择了官员生活。

故事到了最后再一次迎来了反转。一年后，再次来到与张若兰邂逅之地的周如水追寻着记忆，抚慰着伤口。对此，小说的叙述者在末尾附上一封信件补充说明。那封信正是周父寄来的，内容大致如下：他的妻子两年前已经病逝，父母不再干涉他的私生活，完全尊重他的选择。但心爱的人已经离开了他的身边，留给他的只有无限的悔恨。就这样，巴金在小说中通过“反转”猛烈地批判了封建家长制婚姻的弊害。

吴仁民是巴金塑造的一位理想人物。完美克服周如水缺点的他对封建家长制、等级制深恶痛绝。经过近代文明的洗礼，他不仅拥有大学教授这一比较优越的社会职业，还和心爱的妻子组建了幸福的家庭。但他的这种幸福生活并没有持

❶ 指相较城市文明，更倾向于乡村生活。

❷ 巴金．雾 [M]// 巴金全集：第 6 卷．北京：人民文学出版社，1988：31-32.

续多久。心爱的妻子得了不治之症去世，他为了摆脱这种打击，进入社会，开始从事革命事业。但他对革命的信念还未坚定，爱的萌芽尚藏在他内心深处，只要条件允许，就蕴含着充分成长的可能性。

有趣的是，与《爱与罪》的独立运动家金浩然相似，“爱情三部曲”中出现了名为陈真的革命者。就像金浩然为民族独立运动献身一样，他也是一个愿意为革命献出自己一切的人。陈真失去所爱之人后，选择参加革命，与因情伤投身社会运动的吴仁民产生共鸣。但遗憾的是，他因一场意外的交通事故而过早地离世。吴仁民继承了他的意志，继续投身社会革命事业。

吴仁民在上海从事革命事业，在忍受孤寂的过程中，从自己曾经的学生熊智君那里得到了慰藉，很快又得到了爱情的滋润，生活开始有了生机。失去丈夫的熊智君是一名晚期肺病患者，她希望能用自己所剩无几的时间陪伴吴仁民。但巧合的是，吴仁民的初恋郑玉雯也来寻求复合。曾经既是同志又是恋人的她选择了官僚夫人的生活，放弃了革命。但发现把自己视为性欲对象的丈夫再次出轨后，她果断地来找吴仁民。但此时，吴仁民已经和熊智君确立了恋人关系，郑玉雯因此失望至极，服下砒霜自杀。恰好来找妻子的官员以郑玉雯的死威胁吴仁民。最终，熊智君自告奋勇成为官员的新的玩物，拯救了吴仁民。终于，吴仁民觉得在当下的社会环境下，追求爱情是一种奢望，而首先要改变的是社会。他重新踏上了革命的道路。

到了第三部《电》，主人公吴仁民已经完成了蜕变，成为一位成熟的革命家。面对敌人的镇压和逮捕，他丝毫不畏惧，沉着地组织和指挥革命团体。在此过程中，他确认了与李佩珠的爱。但同志们接连被捕和牺牲，革命再次面临危机，因此他把爱深藏在心里，继续投身革命事业。

作品的女主人公李佩珠和吴仁民一样，出现在“爱情三部曲”的第二、第三部。出身于资产阶级家庭的她，对富裕的生活总是感到空虚，讨厌自己被视为懦弱的女性。她苦于如何才能过上有意义的生活，受到俄罗斯民粹派女革命者薇拉·妃格念尔（Vera Figner，1852—1942）的影响[1]，最终选择了女性革命家的道路。但遗憾的是，她是经过怎样的过程才变成了一个成熟的革命家，小说并没有描写。吴仁民的情况也是如此。在与熊智君的爱情破灭后，小说以他再一次投身革命事业的决心结尾。而到了第三部，他与李佩珠一起摇身一变，以成熟革命家的形象登场。

事实上，李佩珠是作家巴金受西方及俄罗斯女革命家撰写的自传影响而创作的概念性人物[2]。在小说中，李佩珠以妃格念尔为榜样，并作为先前抛弃革命的郑

❶ 巴金．雨 [M]// 巴金全集：第 6 卷．北京：人民文学出版社，1988：247.
❷ 巴金．《爱情三部曲》总序 [M]// 巴金全集：第 6 卷．北京：人民文学出版社，1988：38.

玉雯的替代者。郑玉雯是一位禁不住封建官吏的诱惑，放弃革命，追求安逸生活的人物。她曾在革命同志眼中“受到女神般的尊敬和爱戴”[1]，但投入官僚的怀抱后，其身上的勇敢、纯洁、热情消失，被视为革命失败的象征[2]。如果封建官僚象征着制度，那么李佩珠也如同《爱与罪》的顺英，不屈服于权力的压迫。

值得注意的是，“爱情三部曲”和《爱与罪》中探讨的爱情与普罗小说不同，它非理念或信仰的附属。在《电》中，男女主人公确认彼此感情的前提并不是革命意识有无，而是朝夕相处产生的情愫。特别是男主人公吴仁民对爱情和革命的关系有着明确的认识。当被因严刑拷打而即将殒命，同志问及爱情是否真的妨碍革命时，他做出了如下回答。

> （略）明被一个义务的观念折磨着，用工作折磨自己，用忧郁摧残自己，为的是要消灭那爱的痕迹。这件事情在他看来是很不重要的，然而明为了这个就毁了自己的身体。明现在垂死地躺在床上，跟这件事也有关系。仁民想到这里不觉起了痛惜的感情。他痛苦地说：“为什么你要疑惑呢？个人的幸福不一定是跟集体的幸福冲突的。爱并不是犯罪。在这一点我们跟别的人不能够有大的差别。”[3]

吴仁民主张，个人的幸福不再与信仰冲突或成为其附属，其本身就应获得尊重。在这样的思想下，他和李佩珠相爱。但到了小说的最后，两人为了革命这一大义，暂时放下了个人的情感，多少表现出理念化的倾向。此外，小说只描写了他和李佩珠相爱的结果，而忽略了过程。这可以说是作品艺术表现层面的遗憾。

相比之下，李海春和池顺英的爱情在小说中表现得更加自然。作家廉尚燮在小说中比较详细地描写了海春和顺英相识、相知、相爱的过程。因此，在现实主义层面相对优秀。不仅如此，海春也和吴仁民一样，拥有自主的爱情观。他的目标是成为认真负责且能替人分忧的人。由此可见，他把重点放在了“人”上[4]。他希望未来社会是由自我意识较强的个人聚集而成，而在这样的社会，爱以尊重个性、重视内其心、相信彼此为基础。

从小说形式上看，在《爱与罪》中，恋爱所占的叙事比重远远超过了“理念”（独立运动）[5]。这与“理念”（革命）所占叙事比重远高于“爱情”的《电》截然相反。巴金虽然没有实际参加社会革命运动，但他始终关注社会现实，对未来持乐观态度。与此相反，廉尚燮把已有的社会环境视为既定的事实，认真思考在这种环境下，个人又能现实性地做什么。这种意识上的差异造就了主题相似的

[1] 巴金．雨 [M]// 巴金全集：第 6 卷．北京：人民文学出版社，1988：244.
[2] 巴金．雨 [M]// 巴金全集：第 6 卷．北京：人民文学出版社，1988：170.
[3] 巴金．电 [M]// 巴金全集：第 6 卷．北京：人民文学出版社，1988：363-364.
[4] 廉尚燮．爱与罪 [M]// 廉尚燮全集：第 2 卷．首尔：民音出版社，1987：34.
[5] 可参见朴商准．20 世纪 20 年代的文学与廉尚燮 [M]．首尔：首乐出版社，2000.

小说形式上的不同。但这并不意味着廉尚燮沉溺于“爱情叙事”或“恋爱叙事”。他只是通过人物之间的“讨论”展示，在爱情或恋爱这一关系的建立过程中，社会及个人状况的重要性。这与“爱情三部曲”中处理恋爱与革命的矛盾时毫不犹豫地舍弃前者的情况有着本质上的差异。这也可以说是廉尚燮作为“小说家”的不凡之处。

廉尚燮和巴金通过在两部作品中展现兼顾爱情与理念的人物形象，提出了一个全面的价值体系——“爱”。因此，与此相反的“罪”自然而然地通过与之相对的人物形象来展示。两位作家想要表明在半殖民地和殖民地社会环境下，个人生活和社会生活相互交织，“罪”对于“爱”的实现有多大影响，最终完成了恋爱与政治叙事的结合，揭示了“兼顾所有”的人生态度。但可以看出，这样的人生仍然面向外部世界，而不是家族。

第三节　爱情破灭，叙事回归现实

截止到20世纪20年代末，巴金和廉尚燮的中长篇小说中经常出现“个性”“爱情”“革命”“民族独立”等主题，但此后情况发生了变化。首先来看韩国。三一运动后，一度实施的文化政策无异于离间各个阶级的欺骗性分离主义。再看中国。从1927年大革命失败开始，先后经历了国共内战（1927~1937）、抗日战争（1937~1945），无政府主义运动进入衰退期，而社会主义运动逐渐活跃起来。中韩两国的这种时代状况自然也对两位作家的创作产生了一定的影响。

对廉尚燮而言，正如金允植所指出的那样，以1929年的《三代》为顶点，此后的创作走上了通俗化的道路。他还指出，这种变化源于20年代拥有的“理念”（同情者）不再适用于30年代[1]。也就是说，作家意识没有跟上时代的变化。

进入20世纪30年代后，随着无政府主义运动走向衰弱，巴金的思想信念也随之动摇。“巴金在十年之中为之努力的事业如同吹起的美丽的气泡一样，在现实考验面前一个个破灭了。”[2] 因此，再也不能像20年代那样，创作像包括《灭亡》在内的“革命三部曲”及“爱情三部曲”这样的现实参与意识浓厚的作品。于是，他的视线从“集体”转移到“家”，这反过来催生了“小说家”的巴金的诞生[3]。

总的来说，进入20世纪30年代后，廉尚燮和巴金的小说都呈现出“去政治

[1] 金允植认为廉尚燮的世界观尚处在20年代，且是固定不变的，所以自然无法获取30年代的现实感。但他排除了“殖民地审查制度”这一重要的因素。所以需要严谨对待廉尚燮小说的通俗化问题。金允植．廉尚燮研究 [M]．首尔：首尔大学出版部，1987：596.

[2] 陈思和，李辉．巴金研究论稿 [M]．上海：复旦大学出版社，2009：113.

[3] 李哲．从政治宣泄到文学叙事——论《家》之于巴金创作转型的特殊意义 [J]．中国现代文学研究丛刊，2012（8）：123.

化”的倾向。那么这个时期他们关注的又是什么？那便是家族。《三代》和《家》的创作印证了这一点。但本书区别于集中在两部作品的先行研究，先考察廉尚燮的短篇《南忠绪》，之后再考察廉尚燮和巴金的长篇《二心》和《寒夜》。

实际上，《南忠绪》的创作时间是1927年1月至2月，在《万岁前》（《时代日报》，1924.4.6~6.7）创作之后，《爱与罪》（《东亚日报》1927.8.5~1928.5.4）、《三代》（《东亚日报》，1931.1.1.~9.17）创作之前。《万岁前》中涉及的各种问题经过《南忠绪》，延续到了《爱与罪》《三代》。从这个意义上讲，这部作品起到了桥梁作用。更重要的是，这部作品的创作时期，朝鲜正值以左右合作为口号的新干会运动。《南忠绪》中出现的民族问题也与这一背景相关。

作品的主人公南忠绪是出生在日本人母亲和朝鲜人父亲家庭中的混血儿。到了适婚年龄，他面临财产继承的问题。对此，母亲美佐绪和父亲南相哲之间产生了矛盾。日本人美佐绪以妓女的身份嫁进南氏家族，在南相哲的原配去世后，妄图以儿子为资本升为正室。但是南相哲想要再娶原配的妹妹，让儿子南忠绪娶朝鲜大户人家的女儿，而不是日本女人为妻。这是为了甩掉出身卑微的美佐绪，同时保护儿子而采取的措施。与南相哲针锋相对的美佐绪最终带着女儿离开南氏家族回到日本。

这部作品的小说独特之处通过题目《南忠绪》体现出来。名字体现了人的认同感，他在本家被称为“南忠绪”，在母亲那里被称为“失野忠绪”或“南忠雄”。由此可见，他有着三种身份，而这三种身份的不明确性动摇着他，从而导致他无法安于家。虽然他在东京留学，但非要选择去美国，而不是留在朝鲜或日本，这表明他想摆脱无法明确自我身份的环境。实际上，南忠绪在任何地方都无法安下心。因为他既不是日本人，也不是朝鲜人，而是处于两者的边缘，所以不仅在家庭上，在社会上也处于不被认可的尴尬境地。

> （略）忠绪自己既不是朝鲜人，也不是日本人，在奇怪的缝隙里长大，长大成人的今天，也同样在家庭和社会上处于一种境地。年纪大了，娶了媳妇，越是成为一个完整的人，越是焦虑。想想现如今的心理状态，已无法去遥远的某个地方扎下根，以认真的态度看待人生，继续走下去。他会把自己的这种境遇与母亲的情况联系起来，难免同情。[1]

这段文字较为准确地表达了南忠绪对自我身份的困惑。他的这种困惑源于血统，而即便成年，血统的混杂性依旧会使其焦虑。

事实上，在父亲南相哲的眼里，南忠绪从一开始就不适合做引领整个家族的家长，但是也不希望他娶日本女人为妻或去日本。因为“南家的长孙是日本妓女所生，如果再迎娶日本女子，不仅会乱了祖宗的奉祀，而且会玷污南氏家族的血

[1] 廉尚燮．南忠绪 [M]// 廉尚燮全集：第 9 卷．首尔：民音出版社，1987：264.

脉”[1]。但是母亲美佐绪希望儿子获得家族的财产继承权，成为堂堂正正的家长，同时自己也可以得到作为正室夫人的待遇。最终，南相哲尊重美佐绪的意愿，让忠绪娶了日本女子八重子为妻，过上了本家生活，让原配生的忠绪兄妹过上了分家的生活。但这不过是想把家督权交给忠绪的计谋。

> 按照南相哲的想法，如果原配还活着，那么儿媳人选理应会是朝鲜人。因为忠绪是庶子，别人看来可能觉得有些可怜，所以十几年前说了媒，差一点和人尽皆知的大户李家的女儿贞姬订了婚。可不知道是谁在中间作梗，就因“尽管户籍上写的是嫡子”这一句话，婚事就不了了之，一直到了今天。[2]

事实上，南忠绪尽管是美佐绪生的庶子，但从小就在南相哲原配的膝下以嫡子的身份长大。他后来才知道美佐绪是自己的亲生母亲，在那之前，一直叫她“婶婶”。但是，到了与大户人家子弟订婚的前夕，事情最终还是暴露。因为他的母亲是日本人，而且是妾出身。所以从“尽管户籍上写的是嫡子”这句话中也可以看出，其实嫡子的身份也是伪装的，所以不被社会认可。因此，为了改变庶子的身份，做南氏家族的长孙，必须和一个大户人家的女性结婚。最终，为了在希望完全继承家督权的母亲和希望继承部分家督权的父亲之间寻找平衡，结束家庭纠纷，他接受了父亲的提议，与大户人家的女儿贞姬结了婚。对此，美佐绪感到背叛，遭受巨大的打击。

不仅在家里，在社会上，南忠绪也处于不被认可的状态。忠绪本来有艺术家的天分，但在父亲的劝导下专攻帝国大学经济学。相当于日本帝国主义殖民统治势力附属的南相哲希望儿子将来能进入朝鲜的实业界。但与父亲的期许不同，南忠绪无法轻易忽视当时弥漫的社会氛围，持续关注社会问题。他说：“现在在思想转向期感到苦恼，而且以非常敏感的批判视角审视自己的命运以及身为资产阶级子弟的处境。”[3] 这种问题意识让他加入了一个名为 P·P 团的组织，甚至承担了该组织的财政。也就是说，以社会运动家兼赞助人的身份隶属于这个团体。从作品前后的脉络来看，很明显是倾向于社会主义运动的组织。虽然在“对朝鲜人的意识和观念以及民族的感激这一点”[4] 与团体的其他人没有什么不同，但同志们总是投以怀疑的目光。

> 他说：“但是说起来，我既不姓失野，也不姓南忠，更不姓南，但其中最恰当地说明我这个存在的应该是南忠吧！既不姓失野，也不姓南，我的命运夹在中间，奇妙地展开。”每当人们听到这种既不是真话，

---

[1] 廉尚燮. 南忠绪 [M]// 廉尚燮全集：第 9 卷. 首尔：民音出版社，1987：267.
[2] 廉尚燮. 南忠绪 [M]// 廉尚燮全集：第 9 卷. 首尔：民音出版社，1987：266.
[3] 廉尚燮. 南忠绪 [M]// 廉尚燮全集：第 9 卷. 首尔：民音出版社，1987：271.
[4] 廉尚燮. 南忠绪 [M]// 廉尚燮全集：第 9 卷. 首尔：民音出版社，1987：287.

也不是自嘲的话时，会大笑并称是杰作。虽然P·P团的同志们没有恶意取笑自己，也没有任何偏见，但偶尔视自己为背叛者并警惕的眼神还是会让自己感觉自己是多么无足轻重的存在。他偶尔会重新审视自己。[1]

不姓“矢野”，也不姓“南”，只能以“南忠”这个模糊的姓氏存在，这决定了南忠绪的命运。即使面对拿它开玩笑的同志们，他的心情依然很复杂。再加上自己的父亲“打着亲日的旗号招摇撞市”[2]，母亲又是日本人，在组织管理资金的事自然足以引起大家的猜疑。即使能忍受这种误会，既不是朝鲜人也不是日本人的尴尬的处境总是一道无法逾越的高墙。在他看来，母亲、父亲，甚至同志们都比自己幸福。对他们来说，不仅有对于家乡和亲人的热爱，还有对于家庭和平、民族的感激[3]。但自己有的只是模糊的影子[4]。总之，南忠绪是一位无处安身的异邦人。他和郑熙结婚后选择去美国，实际上也是这种尴尬的局面所致。

这部小说刊登在1927年1月和2月的杂志《东光》上。考虑到新干会成立于1927年，1937年解散，从《南忠绪》到《三代》的创作时期与由三一运动引发的“民族”理念（想象的共同体）在殖民地内以左右合作的方式寻求政治上的具体形式最终失败的过程相吻合。《万岁前》以事后看待三一运动的形式，通过船舶和铁路这一近代发明物直接贯通殖民地朝鲜。特别是通过“旅途”的形式，最终认识到了束缚自己的殖民性。自我学习和内化的文明格局必然会将自己及自己所属的朝鲜推向野蛮，暴力的结构完整地包含在这次旅行中。只是在这里，殖民地和帝国的等级关系非常牢固，完全束缚了李寅华的意识。但到了《南忠绪》，这种等级关系出现了混乱。

南忠绪的母亲美佐绪虽然是日本女性，但以妓女的身份成为朝鲜男性南相哲的后室。这里产生了一种关系的颠倒。由于朝鲜和日本都信奉封建家长制，所以男性地位较高，因此来自帝国的美佐绪经历身份下降。更何况，因为南相哲是京城数一数二的富翁，美佐绪是妓女，所以在阶级上颠覆了这种等级结构。这种等级结构的变动表明，帝国和殖民地的关系已经超越了单纯的统治 / 被统治的关系，逐渐走向掌握霸权，到处弥漫着殖民性。

（略）不只是因为自己结婚，离开父母或同学，选边站，或者拒绝父母介绍的女人，娶了美佐绪忌讳的朝鲜女人，而是难以言明的微妙情感驱使着所有的人内心。忠绪不免这么想。[5]

在这里，包括南忠绪在内的所有人都憎恨或蔑视彼此，使关系变得错综复

[1] 廉尚燮．南忠绪 [M]// 廉尚燮全集：第 9 卷．首尔：民音出版社，1987：286-287.
[2] 廉尚燮．南忠绪 [M]// 廉尚燮全集：第 9 卷．首尔：民音出版社，1987：287.
[3] 廉尚燮．南忠绪 [M]// 廉尚燮全集：第 9 卷．首尔：民音出版社，1987：287.
[4] 廉尚燮．南忠绪 [M]// 廉尚燮全集：第 9 卷．首尔：民音出版社，1987：286.
[5] 廉尚燮．南忠绪 [M]// 廉尚燮全集：第 9 卷．首尔：民音出版社，1987：286-279.

杂。面对这种局面，作家不得不通过设定一位既是长子又是庶子，既不是朝鲜人也不是日本人的混血儿，通过家庭这一原始的组织来表现殖民主义造就的扭曲的社会现象。

另外，虽然小说没有直接揭示，但在主人公主修经济学，并在自觉“转向期”的过程中突出了这种混乱。考虑到新干会成立于1927年，身为殖民地权力附属者的儿子，南忠绪被设定为sympathizer（同情者）。这一点值得关注。

> ……但事实就是事实。没有像传统一样可怕的东西。即使抛开观念和意识上没有民族自觉的情况，任何人都得背负民族传统的重担，所以没有办法……这不是沉重的负担，而是流淌在血脉中的精华。即使所有的真理被推翻，这也是永远的秘密，也是谁也不能欺骗的事实……人离开民族到底能不能生活？（略）……当然，破坏是正确的事，但破坏并不是说人在没有传统的情况下生活。布匹的质量不好，并不意味着人的生活不需要纤维。……只是问题在于，传统产生偏见，偏见驱使感情，感情在利欲的根基上飘扬。……但没办法。妈妈说了大实话。不管当事者因何才如此，但孩子自打生下来就不一样，又能奈何。想要驾鹤西去的母亲着实有远见！❶

当时正是左右合作探索“民族”概念以获得更为具体形式的时期，这无疑会进一步刺激因血统而身陷混乱的南忠绪。与民族主义者重视民族、传统不同，社会主义者重视超越民族、传统的阶级。这两者折中的就是“同情者”，他们倡导了“不抛弃民族一面的社会运动”❷。南忠绪也在这种意识的影响下，为了帮助民族解放运动及社会主义运动，成为了P·P团的援助者。但他不能在这里扮演任何领导角色。因为他在阶级上不能站在社会主义运动的最前沿，同时在这种不得带有民族主义色彩的事业面前，因血统问题受到困扰。因此，作为“同情者”、边缘人，对社会主义运动只能采取模棱两可的态度。这一点和之后《三代》中赵德基对待社会主义运动的态度类似，其原型早在《南忠绪》中有所准备。《南忠绪》和《三代》介于新干会成立和解散期间。另外，这部小说描写家庭，特别是财产继承问题。这意味着廉尚燮小说在这一时期形成了一个重要的类型。

正如前文所述，廉尚燮所具有的优越和羞愧意识源于家族，特别是大哥是日本陆军军官这一点。他的家族依附于日本帝国主义的殖民统治，亲日色彩颇为浓厚。这可能让廉尚燮产生了一种身为作家的羞愧感，并使其借助文学这一手段持续探讨家族问题。也就是说，通过小说这一形式对家族制度提出异议，不仅是对封建制度的批判，而且对围绕其周边的现实条件具有一定的反省意义。在20世

❶ 廉尚燮．南忠绪[M]// 廉尚燮全集：第9卷．首尔：民音出版社，1987：289.

❷ 廉尚燮．民族、社会运动的唯心考查——反动、传统、文学的关系[M]// 韩基亨，李惠铃．廉尚燮文章全集：第1卷．首尔：晓明出版社，2013：538.

纪20年代末30年代初，以新干会为中心，以左右合作为基础的民族主义运动盛行的背景下，这种自我的压迫可能更加明显。这与《南忠绪》中主人公经历的矛盾也很相似。因为不能坐视当代的社会氛围，南忠绪加入了社会团体，还承担了财政，但遭到同志们露骨的嘲讽。作品中之所以突出这些问题，很有可能是作者对“亲日派家庭”的抵触心理起到了防御机制的作用。也就是说，可以解读为通过将作家代理人的主人公作为揭露对象，以此来确保自身的伦理意识。这种“自我揭露”被描述为赞同社会氛围但不积极参与的局面，而这种“保持距离”也与确保作家的伦理性有关。不容易被理想主义所蛊惑，而是深入现实，他的作品获得了一丝真实感。但随着现实前景逐渐变得暗淡，能够凸显自我羞愧感的20世纪20年代民族运动逐渐衰弱，作家追求的现实性逐渐转化为自我合理化的保守性。在《万岁前》的离家和《三代》的归家过程中，《南忠绪》这部作品正处于这种冷静的伦理意识和自我合理化的保守意识变化的十字路口。

针对廉尚燮的这种独特意识，学者徐英彩曾经做过如下解释：“身虽处在家族内部，但否定自我身份，具有面向外界的强大动力的存在；自觉为局外人，但以好奇的眼光审视围绕自身的外部性的存在；或者虽主张自己为局内人，但被所有人视为局外人的存在。”❶换句话说，是一种近似于“次子”的存在。当然，由于在现实生活中，他的哥哥是亲日派，所以他的反抗和保持距离已经通过家族孕育了出来。同时，这一点通过自我防御机制的文学，在他人生中唯一被允许。正因如此，之后的自我合理化也可能同样得益于文学才得以实现。

需要补充的一点是，出于对羞愧意识的防御机制，选择现实的时间点恰好位于新干会运动的末尾。这可以保障作家在《三代》中保持一定程度冷静的伦理性。但随着民族运动的衰退及战时体制（1937年）的到来，现实前景一片暗淡。在这种情况下，正如金允植所指“同情者”形象不复存在，廉尚燮的小说不再具有深刻性，偏向通俗化、大众化、娱乐化。❷作家的创作停留在追随现实的水准。

廉尚燮此后离开殖民地朝鲜，突然去往中国东北的行为让人难以捉摸。这一点多少与大哥脱不了干系。他担任亲日色彩浓重的《满鲜日报》社编辑部部长，可以理解为此时已抛弃民族运动所带来的道德压力及现实选择的苦恼。特别是《爱与罪》中的男女主人公在作品的末尾选择东北行，展现出的献身民族运动的大义凛然与担任《满鲜日报》社编辑部部长的行为极为矛盾。《爱与罪》中出现的罕见的理想主义倾向可能是作家有感于当代澎湃的民族运动之风，有意识或无意识地为了使自己合理化而采取的架势。就像日后的东北行一样，羞耻感、认同感、保持距离，这三种精神状态之间的矛盾与纠葛一直困扰着他。由于这种

❶ 朴商准．次子叙事——廉尚燮、夏目漱石、鲁迅 [J]．民族文学史研究，2013（51）：20.
❷ 金允植．廉尚燮研究 [M]．首尔：首尔大学出版部，1987：603.

关系，他经常重新审视给予自己压力的家族问题。《万岁前》到《南忠绪》再到《三代》的家族叙事演变过程无异于作家意识与政治现实合力产生的苦恼的过程。虽然廉尚燮本人不是亲日派，但最终顺应了家族这一现实条件并做出了妥协，这与《南忠绪》到《三代》的家庭叙事有着不可分割的关系。特别是在新干会组织和解散的背景之下，南忠绪表现出的烦恼和赵德基表现出的稳妥，很好地诠释了在当时的社会氛围下矛盾的廉尚燮的心情。

就这样，廉尚燮文学中出现的“次子”反抗并不是单向的，所以一方面反抗家族，另一方面又不能完全割裂与家族的纽带。正如前文所指，廉尚燮通过美佐绪这一日本女性提出了民族问题。那么，这些人物形象在之后的作品世界中又是如何变化？让我们看《三代》中的一段文字。

> 主妇眼中的德基是个开朗漂亮的聪明青年。对这个女人来说，虽没有鄙视朝鲜的心，但从他开朗漂亮，再加上穿着价格昂贵的学生服，像是哪个富家子弟，所以有点瞧不起。❶

这是《三代》名为“两个朋友”章节中出现的德基和炳华在日本酒吧喝酒的场面。这里需要关注的就是酒馆的日本老板娘。她用观察者的视线看待德基，内心的想法也被叙述者部分地展现出来，说起来是一个彻底远景化的人物。考虑到《三代》中出现的水原姨太是妾，而且她虎视眈眈地觊觎赵氏一家的财产，近乎传统小说中出现的恶女形象，可以看到日本女性美佐绪的熟悉身影。但由于无法再探讨民族问题，廉尚燮以将《南忠绪》中的美佐绪这一人物远景化、平面化的手法，分化为《三代》的日本酒馆老板及水原姨太，重新登场。就这样，在殖民性弥漫的同时，一系列旨在使民族概念具体化的社会意愿改进时期，唯有廉尚燮想要确认家族的面貌。

这一时期，巴金不像前一时期那样热衷于“革命三部曲”“爱情三部曲”这样的革命叙事，而是开始着眼于家族叙事。短篇《一个女人》（《文学》第 1 卷第 1 号，1933.7.1）便是代表。这部小说描写过去从事社会运动的年轻男女主人公最终选择了生活，而不是理念，不妨将其视为“革命三部曲”“爱情三部曲”的后续。

女主人公芸过去投身工人运动，后因罢工运动的失败放弃了运动，和同志剑风结婚。5 年后的一天，同志铁民在街上偶然遇到了建云，顺路来找她。久别重逢的三人有了叙旧机会，小说也以他们之间的对话展开。芸本来是两个孩子的母亲，但一个多病的孩子 4 岁那年夭折，这使她陷入了极度的痛苦之中，只得借安眠药撑过每一天。不仅如此，租房住的她们每月都会因为月租而喘不过气来。

> 她也是一个爱思索的女子。她的思想常常由一件事情转到另一件

❶ 廉尚燮．三代 [M]．首尔：文学与知性社，2004：15.

事情，又再转到第三、第四件以至于许多件事惜。但是她却很少回忆她过去的生活，特别是其中的某一段。是差不多把她生活中的那个时期完全埋葬了。她这三年来简直没有回想过它，因为那个时期跟现在的环境差得太远了。她不敢让那个时期的面影再在自己的眼前出现。❶

家庭主妇的生活让芸觉得寂寞。织着毛线等待出门的丈夫的她有一种“觉得时间突然变成无限地长，一秒钟一秒钟压下去，好像有人在后面拖住了时间一样”❷的感觉。生活的重压使原本喜欢思考的她变得迟钝。但尽管如此，过去的生活还是会时不时地浮现在她的眼前，而她也极力地压制着。那么她“过去的生活”又是怎样的？

那个时候她抛弃了学生生活到纱厂里去做女工，和女工们住在一起组织工会。剑风也常常跟他们在一起做文化的工作。在一次罢工失败以后，她被迫离开了工厂。❸

之后结婚的她逐渐从同志们的视线中消失，开始过上了平凡的生活。5 年后的今天，再一次遇到了老同志铁民。实际上，她离开后，同志们的革命事业取得了相当大的发展。虽然铁民把这个消息告诉了她和丈夫，但出乎意料的是，她们的回答却是冷冰冰的。丈夫对老同志的话只是轻轻地回应，脸上完全看不到喜悦，芸只是偶尔把目光转向躺在床上的第二个孩子。对她们而言，革命的热情已不复存在。如芸所说，“生活的负担很容易让人变老”❹，剩下的只有以“孩子”为表象的生活压力。

该短篇虽然也涉及革命问题，但与之前的作品不同，对一直以来作家视为神圣不可侵犯的革命事业提出了异议。芸和丈夫摆脱了革命的理念，开始涉及生活这一范畴。从这一点来看，这对夫妇的生活可以说是曾经在巴金三部曲中登场的革命者们的后传。虽然没有拥护家庭生活，但革命事业也不是唯一的答案。巴金通过这部作品展示了家庭生活如何逐步取代革命这一理念范畴。在此过程中，叙事的中心从革命逐渐转移到了家庭或家族。

接下来关注巴金的《寒夜》和廉尚燮的《二心》。这两部作品都以新女性的生活为题材。如果说两位作家以往作品中的主人公们为了追求“个性”和“自由”反对封建家长制离开“家”，或为了“理念”而献身，那么这两部作品的意义在于讲述了“日常生活”本身。

以新女性为主人公的《寒夜》和《二心》是以知识分子小家庭为背景的小说。主人公曾树生和朴春京都是接触新思想的新女性，和丈夫组建家庭。但是她

❶ 巴金. 一个女人 [M]// 巴金全集：第 10 卷. 北京，人民文学出版社，1989：38-39.
❷ 巴金. 一个女人 [M]// 巴金全集：第 10 卷. 北京，人民文学出版社，1989：37.
❸ 巴金. 一个女人 [M]// 巴金全集：第 10 卷. 北京，人民文学出版社，1989：41.
❹ 巴金. 一个女人 [M]// 巴金全集：第 10 卷. 北京，人民文学出版社，1989：42.

们的丈夫大都属于无法养家的“无能之辈”，因此，养家糊口的重担只能由她们承担。这也成为了导致主人公毁灭的重要因素。重要的是，虽然封建大家庭的形式确实在一定程度上解体，但在她们的生活中，封建家长制的原理仍然发挥着作用。

首先看一下《二心》。主人公春京本来是有望成为网球选手，但与自己的教练昌浩传出了绯闻。于是双方都被家人赶出了家门，索性两人组建了新的家庭，开始了生活。但是丈夫因参与社会主义运动被殖民当局抓捕入狱，养家糊口的重任落在了春京的肩上。她曾与日本人佐野有过一段婚外情，由于丈夫出狱，她想断绝这种关系。但因生计问题，通过佐野的介绍，她成为百货商店的服务员，重新开始了不伦关系。之后她和左野自导自演，用假婚姻的方式骗取美国人肯宁汉姆的钱。最后，她被出狱的丈夫卖到了妓院，服下砒霜自杀。

从丈夫惩戒不守贞操的妻子的角度来看，可以说是古典小说中经常借用的主题。这也是这部作品经常被解读为通俗小说的原因。当然，跌入堕落的深渊也与春京自身无节制的物欲和性欲有关，但考虑到把她当成商品卖给美国人的佐野的象征性，作品获得了另一个层面的社会意义。

> （略）此时，将春京推向毁灭的罪魁祸首佐野是日本人，以及他既是酒店经营者又是商业从业者的事实，与日本资本主义登陆韩国及掠夺的真相平行对应。他又把春京伪装成处女介绍给美国人，并以解除春京一家的财政危机为借口索取巨额资金后销声匿迹，最终在青岛被捕。这段情节看似夸张且不切实际，但视其为将韩国人对象、商品化，彻底工具化的日本殖民主义非人的掠夺及交换结构的隐喻时，绝非夸大其词。❶

正如柳宗浩所指，佐野超出单纯的个人，而是整个日本殖民资本主义的象征。身为酒店老板，他把春京当作商品卖给美国人肯宁汉姆的行为，无异于日本殖民资本主义登陆朝鲜，针对朝鲜人做出的非人行为。

被赶出家门的春京负责家人的生活，固然有自身的原因，但值得关注的是丈夫是社会主义者。实际上，参加过社会主义运动并因此有过入狱经验的昌浩“虽然可以当小学教员，但没有资格，而且是被判处有期徒刑，没人敢用”❷。他是被殖民当局打上有前科烙印的人物。再加上在殴打与妻子通奸的日本人佐野再次入狱的过程中，被好友姜灿圭陷害，一直未能按时出狱。后来，灿圭还和佐野一起自导自演，把春京卖给美国人。如果佐野象征日本殖民资本主义势力，那么姜灿圭无异于依附于此的堕落亚类。总而言之，从一开始昌浩就不具备作为一位家长

❶ 柳宗浩．小说和社会史——廉尚燮不被人知晓的作品 [M]// 廉尚燮全集：第 3 卷．首尔：民音出版社，1987：315.

❷ 廉尚燮．二心 [M]// 廉尚燮全集：第 3 卷．首尔：民音出版社，1987：35.

的能力。

实际上，得益于父亲积累的财富，春京的二哥就职于首尔某银行，任经理一职，三哥就读于帝国大学文科[1]。出生于这样一个中产阶级家庭，完成中学教育课程，如果没有大的变数，那么春京未来的生活可以说有相当大的保障。但因为和昌浩的绯闻，她中途放弃了学业，自此，人生完全发生了改变。如果离婚，可以选择的路也仅仅是“要么不被饿死而改嫁，要么做妾”[2]。由此可见，封建家长制的影响力尚且辐射家庭，乃至整个社会。因此，女性如果因给家族抹黑而被赶离家门，那么很难被社会所接受。因此，即使再婚，如果可以维持最低限度的生计，或被纳为妾，就是最好的归宿。可见，殖民统治及封建家长制伦理道德给予了新女性双重的压力。

在这种情况下，春京能选择的路只有两条：一是作为职业女性，养家糊口；二是以自身的肉体为交换筹码，赚钱养家。丈夫出狱后，春京曾短暂地想要结束之前与佐野及灿圭的不正当关系，过上新的生活，但是，殴打佐野的丈夫再次入狱后，为了维持生计，不得不重新在佐野经营的百货商店当服务员。

> （略）佐野身材魁梧、仪表端正、谈吐风趣，虽然吝啬，但舍得花钱，所以春京从了他。还有一点，就是和丈夫分开太久，性欲冲动也助长了这种关系。但她对姜灿圭没有任何好感。[3]

也许是天生的性格，也许是藏在血液里的毒虫在作乱，她情不自禁地怀念在酒店工作时期因佐野染上的习惯——放纵的快乐。更何况春京已经怀孕四五个月，在整天的忙碌过后，疲惫的肉体和神经时常会更渴望某种刺激，并意识到混乱的精神状态。[4]

> 不管三七二十一，只要有钱就行。钱是生意。这是一个有钱能使鬼推磨的世道。钱！钱！但是，即使够吃够喝，即使将一个月十五六块钱的收入原封不动地全部存起来，也要做几十年，才能跟得上崔老师的生活。[5]

丈夫昌浩被捕入狱，期间春京与佐野发生了不正当关系。之所以会这样，一方面是因为佐野舍得花钱，另一方面也是因丈夫不在而无法控制的性欲。作家解释这种沉浸于物欲和性欲而欲罢不能的样子并非后天，而是先天的。这足以让人联想到佐拉自然主义小说中出现的受环境和遗传左右的人物。最终，春京意识到钱才是维持生活的唯一手段，为了获得它，沦落为连自己的肉体都毫不犹豫地献

[1] 廉尚燮．二心 [M]// 廉尚燮全集：第 3 卷．首尔：民音出版社，1987：34.
[2] 廉尚燮．二心 [M]// 廉尚燮全集：第 3 卷．首尔：民音出版社，1987：35.
[3] 廉尚燮．二心 [M]// 廉尚燮全集：第 3 卷．首尔：民音出版社，1987：82.
[4] 廉尚燮．二心 [M]// 廉尚燮全集：第 3 卷．首尔：民音出版社，1987：82.
[5] 廉尚燮．二心 [M]// 廉尚燮全集：第 3 卷．首尔：民音出版社，1987：165.

出的堕落的人。

廉尚燮在作品中设定了一位相对于春京的人物，而她就是英爱。实际上，从小就对昌浩怀有好感的她，成年后也忘不了这种情感，过着单身生活。得知昌浩入狱的消息后，她偶然和春京一起去监狱探视，但昌浩对待两人的态度完全不同。他虽然回绝了春京的探视，却见了英爱。在这里，春京象征失去贞操的堕落女性，英爱象征坚守贞操的纯洁女性。但对于昌浩的这种反应，春京也不乏反抗之心。

> （略）但自责之心越重，普通人就越受两种心理倾向的支配：弱小、愚蠢，否则与之相反，意志坚强、聪明的人很容易反省和悔改自己的过失。但如果固执，但多少保留自我反省的良心的人则会悔改，并重新开始。但同时他又会觉得，这似乎像是无视自己的人格或威信，反而对所有道德采取反抗态度，或因无法战胜良心的谴责而进一步自暴自弃。春京可以说是这种“类型”的人。虽然不无对丈夫怀有愧疚之心，以及这样下去不知会堕落到什么程度的不安和反省，但看到丈夫表现得那么无情、那么狠毒，又觉得心寒，不由自主地想要破罐子破摔。❶

事实上，春京之所以落到这般田地，虽是与佐野有染，但也是出于生活上的困难，所以将所有的责任归咎于她，难免有些不妥。但从上面的几段文字中也可以看出，叙述者将所有原因归结于她因性欲和物欲而产生的“自暴自弃”。她也有自我意识。对于替入狱的丈夫养家糊口的她来说，即使犯了出轨的错误，但不能以贞操这一尺度来评判一切行为。更何况，丈夫因为妻子不忠的原因接近其他女性就等于无视自己的人格或威信。因此，出于对道德的反抗，她反而自暴自弃，丧失了对自己的控制力。针对这种自我意识，郑明焕曾经作出如下解释。

> （略）她的堕落只不过是一个例外现象，而不是作为一个社会象征，在社会背景下考察，更没有和人的内心世界相联系。而且，作家将这个因为金钱、虚荣和性本能而导致一个家庭毁灭的女主人公的例外行为和其行为的结果描绘得尽可能怪诞丑陋，以此安慰束缚在传统妇德这一传统价值观中的大部分女性，并说明其价值观的重要性。❷

由于没有捕捉到春京的内心世界，只是借着叙述者的声音来裁决她的行为，郑明焕称春京的行为是“例外的”。换句话说，他对叙述者所具有的可信度感到怀疑。对于春京的自我意识，作家廉尚燮只想将其定义为“恶的表现”❸。他的这种意识可以说是与标榜自我觉醒和个性解放的早期的近代价值观相去甚远，是一种保守的女性观。这也是《二心》被解读为通俗小说的重要原因。

❶ 廉尚燮．二心 [M]// 廉尚燮全集：第 3 卷．首尔：民音出版社，1987：112-113.
❷ 郑明焕．廉尚燮和左拉 [M]// 柳宗浩．廉尚燮．首尔：西江大学出版部，1998：56.
❸ 郑明焕．廉尚燮和左拉 [M]// 柳宗浩．廉尚燮．首尔：西江大学出版部，1998：328.

下面看一下《寒夜》。专攻教育学的新女性曾树生的梦想是和丈夫一起教育孩子，建设美好的社会，但这一切都因抗日战争的爆发而化为泡影。她和丈夫住在战时首都重庆，每天都要为家里的生活东奔西走。她的同学兼丈夫汪文宣为了养家糊口，在国民党当局经营的报社找了一份翻译兼编辑的工作，但工资很低。因此，养家糊口的责任都落在了曾树生的身上。她在银行工作，和管理员保持着一些不当的男女关系。她忍受不了家庭矛盾离家出走，解放后又回到了家里，丈夫却因病去世，婆婆带着儿子去了外地。

和春京的丈夫昌浩一样，曾树生的丈夫汪文宣也可以用“无能”一词来形容。虽然有工作，但处处受到同事的排挤和耻笑，是一个没有掌握巴结上司的“生存法则”的人物。即使收到上司的生日邀请函，也在考虑要不要去，原因是交了份子钱就没钱养家。与此相反，其他同事则讨好上司，以此来获取工资之外的利益。在这样的环境下，当然没有他的立足之地。

重庆虽然在国民党当局的统治下，但实际上依然是统治森严的地方。大地主和资本家丝毫没有顾及民众的安危，只谋求自己的利益。汪文宣有一天偶然在街上遇到了自己的同学。就在不久前，他还参加了同学的婚宴。但是现在同学的样子颓废至极。问其原委，才得知他的妻子因难产死亡。他是一个地方公务员。尽管妻子临盆，但由于科长不待见自己，所以不让他回家。最终妻子因难产而死，一尸两命。于是，他终于明白这世界不属于自己。自己这类人在遵守道德和法律的时候，别人却在升官发财[1]。和《二心》的昌浩一样，汪文宣所处的社会环境所具有的象征意义不言而喻。在不当政治权力实施的歧视和不义累积到底层的过程当中，民众的日常生活遭受破坏。

相比男性，如此不正当的权力对女性的影响力更大。曾树生与银行的管理员保持婚外情，而这位银行管理人员与国民党当局保持着某种紧密的联系，因此，每天都过着普通民众做梦也想不到的奢侈生活。他每天带曾树生跳交际舞，去咖啡厅。这与下定决心用自己偶尔攒下的钱给妻子买昂贵的蛋糕，但因为太贵而踩脚的汪文宣的样子形成了鲜明的对比。不仅如此，在收到日军可能攻破重庆的消息时，他甚至通过特殊渠道拿到了只有高官才能得到的机票，并把它送给了曾树生。因支撑国民党反统派统治的势力是地主和资本家，所以可以理解为这位银行管理者是这些势力的象征。因此，从他用钱诱惑曾树生的行为可以看出，当时国民党统治区的资本主义势力有多么猖狂。因此，同样可以借用柳宗浩对佐野和春京关系的解释来回答曾树生和银行管理员的关系。也就是说，可以将他们的关系可以看作是国民党反动统治势力对中国民众的“掠夺及交换结构的隐喻”[2]。

[1] 巴金．寒夜 [M]// 巴金全集：第 8 卷．北京：人民文学出版社，1989：459.

[2] 柳宗浩．小说和社会史——廉尚燮不被人知晓的作品 [M]// 廉尚燮全集：第 3 卷．首尔：民音出版社，1987：135.

综上所述，可以看出，与春京一样，促使曾树生堕落的罪魁祸首之一便是统治势力。但导致她毁灭的还有另外一层原因。首先是现有的伦理制度，大体上是指封建家长制。有趣的是，与未经家里允许就与昌浩组建家庭的春京相似，曾树生也与汪文宣选择了违反惯例的婚姻形式，那便是同居。两人没有拜堂，因此没有得到双方父母的认可。尽管早已步入近代社会，但多数婚姻还是摆脱不了父母的安排，所以他们的情况较为特殊。新女性的悲剧也源于此。这种不安稳的家庭生活对于他们来说是第一道坎。曾树生从一开始就不被婆婆看中。汪文宣早年丧父，在母亲膝下长大，对他来说，母亲既是"母亲，又是父亲"。因此，母亲在每件事上都行使着作为家长的权利。虽然他接受过新式教育，在这样的母亲面前却变得无比渺小。母亲很讨厌儿媳曾树生，原因之一就是两人没有拜堂成亲。用她的话来讲，"因为没有正式拜过堂，所以你只不过是我儿子的姘头"。[1]没有拜过堂，更何况是以自由恋爱为基础，这些完全违背了封建伦理。婆婆之所以理直气壮的原因也在此。她是一名女性，同时也是封建家长制的代理人。这与得知春京和昌浩同居后，"产生丑陋、杂乱的联想，皱着眉头"[2]的春京姑妈如出一辙。在封建社会，女性的贞操如同生命，它与家庭的财产继承权相连。虽然进入近代后，与财产继承权的联系有所减弱，但贞操观念本身依然存在。

但和春京一样，身为新女性的曾树生也有自我意识，而且，这种自我意识在受到封建伦理道德压迫时，反而表现出其鲜明的一面。曾树生疲于软弱的丈夫和独断的婆婆带给她的生活重压。她梦想的家庭是民主、温暖的，而不是封建伦理横行的场所。因此，婆婆越是指责，她反而越凸显自我意识。她感叹婆婆的无知，要和丈夫一起带着孩子过不同的生活。这在遭到日军轰炸机袭击时，抛弃大吵不去防空洞的婆婆，想要带走丈夫和儿子的情节表现得尤为明显。但软弱的丈夫一方面不肯放弃身为子女孝敬父母的道理，另一方面又不能履行身为丈夫的义务。对此失望的曾树生离开他们，与银行管理员前往兰州。

与廉尚燮看待春京的视线不同，对于曾树生的自我意识，巴金始终表现出宽容和理解。对于因封建伦理道德而感受不到家庭爱的曾树生，他投以同情的目光。

> 夜相当冷。寒气凉凉地摸她的脸。下面是一片黑。只有寥寥几盏灯光。原来她这所楼房是一个界线，楼房外算是另一区域，那一区今天停电。她打了一个冷噤，又耸了耸肩。"为什么总是停电？"她烦躁地小声自语。没有人理她，在这个屋子里她是不被人重视的！她的孤独使她

[1] 柳宗浩．小说和社会史——廉尚燮不被人知晓的作品 [M]// 廉尚燮全集：第 3 卷．首尔：民音出版社，1987：554.

[2] 廉尚燮．二心 [M]// 廉尚燮全集：第 3 卷．首尔：民音出版社，1987：173.

自己害怕。[1]

（略）生命就这样平平淡淡一点一滴地消耗，树生的忍耐力到了最高限度了。她并没有犯罪，为什么应该受罚？这里不就是使生命憔悴的监牢？她应该飞，她必须飞，趁她还有着翅膀的时候。为什么她不应该走呢？她和他们中间再没有共同点了，她不能陪着他们牺牲。她要救出她自己。[2]

她也有作为一个人的青春，有被爱的权利。不仅是婆婆，连丈夫、孩子都和她保持着距离。封建伦理道德就像枷锁一样束缚着她。虽如此，但她完全有权利追求自己的幸福，作者巴金借叙述者的声音充分肯定了这种自我意识。

最终，曾树生抛弃家庭，和银行管理员坐上了飞往兰州的飞机。可以说，这与以不道德的荡女身份接受丈夫的审判，被卖到妓院服毒自杀的春京形成了鲜明的对比。但是作品到了结尾部分又有了反转。离家的曾树生又回来寻找孩子和丈夫，但等待她的只有空荡荡的房间。她和银行管理员离开时，丈夫已经患有严重的肺结核，即将死去。因此，当她再回来的时候，丈夫已死，婆婆带着孙子搬到了外地。

（略）太迟了，太迟了。她为了自己的幸福，却帮忙毁了别一个人的……她想着，想着，她突然站起来，她为什么还要留在这里？她再受不了这个房间和这些家具，每件东西都在叙说他和她的故事，每件东西都在刺痛她。她甚至受不了那个年轻母亲的催眠曲。歌声使她想起她自己也曾经做过母亲，给她唤起她久已埋葬了的回忆。[3]

虽然为了追求自己一直想要的幸福而去了外地，她得到的却是空虚。这种空虚可以说是出于对家庭的依恋。虽然婆婆咒骂，丈夫不理解，甚至儿子不理睬，但回想起来，她之前那么讨厌的家人现在让她产生了一种归属感。这也可以从象征母亲角色的“摇篮曲”让她坐立不安中看出。离开家人追求个人幸福的她并没有想象中那般自由。至此，作家巴金再次向她提出了一个问题：抛弃家人，争取个人幸福，真的会幸福？是去寻找婆婆和儿子，还是继续和银行管理员生活，曾树生虽然没有做出明确的选择，但至少巴金始终借着曾树生这一人物，探讨家庭（家族）是否应该存在，如果存在，会以怎样的形式存在。

相反，春京的结局则是以一具冰冷的尸体摆在自己父兄的面前。对此，她的父亲留下了意味深长的话。

“儿子说，抛弃女儿是老师以及我的错，现在看来，虽不能责怪老

[1] 巴金．寒夜 [M]// 巴金全集：第 8 卷．北京：人民文学出版社，1989：581.
[2] 巴金．寒夜 [M]// 巴金全集：第 8 卷．北京：人民文学出版社，1989：588.
[3] 巴金．寒夜 [M]// 巴金全集：第 8 卷．北京：人民文学出版社，1989：699.

师，但不得不说，真有些后悔啊！”❶

春京的父亲通过推翻女儿的死与现有教育制度毫无关系的说法，试图推卸自己的责任。但正如春京的哥哥所抱怨的那样，这始终是老师和父亲的错。事实上，作家廉尚燮已经在小说中借叙述者之口不经意地批评过父亲的专断。

（略）而且，即便人第一次见面的时候产生情愫，但如果崔老师或Z学校的老师，亦或是春京的父亲拿出魏老师一半的诚意，亲切地引导和监督，所有的事情都不就圆满解决了吗？❷

春京和昌浩之间并不像人们原来所想的那样，萌生了男女之间的情感，只不过是“懵懂的东西”。因此，即使存在危险，如果事先采取适当的措施，也可以避免悲剧的发生。但不仅是学校的老师，连春京的父亲也因自己的专断，把两个无辜的生命推向了毁灭。在这里，叙述者批评了春京父亲的专断。从“亲切地引导和监督”这一点也可以看出，作家希望创造以理性为基础的新的家庭伦理道德❸。但不得不说，廉尚燮看待春京这一新女性的目光并不友好。在小说中，将她的毁灭视为一味地陷入物欲、性欲，自我意识全无的例外现象，并以此来“安慰被束缚在妇德这一传统价值观中的大部分女性，并强调其价值观的重要性。”❹廉尚燮虽然提倡新的家庭伦理，但对女性的思考方式仍然没能摆脱封建家长制的束缚。对他来说，理想的女性形象无异于传统的贤妻良母❺。这与肯定新女性自我意识的巴金截然相反。

廉尚燮和巴金通过《二心》和《寒夜》揭露了当时的社会矛盾，同时也表现出了对现有的封建家庭伦理的批判和反思。但如前文所述，这一时期的廉尚燮和巴金小说中出现的女性在其个性强度上呈下降的趋势。就廉尚燮而言，《除夜》中追求自我觉醒和个性解放的贞仁不惜以自杀的方式来展现强大的自我。中篇《向日葵》中的英姬在现实生活中适当地做出了妥协。她在留学期间邂逅爱情，但因爱人的死而受挫。在艺术家的理想和殖民地朝鲜的现实之间徘徊的她最终选择与总督府官员结婚，在恋人的坟前焚烧了二人的情书。尽管当初曾说拒绝一切婚礼的形式，但最终向公婆献礼意味着她的个性终被现实挫败。从那以后，

❶ 廉尚燮．二心 [M]// 廉尚燮全集：第 3 卷．首尔：民音出版社，1987：300.

❷ 廉尚燮．二心 [M]// 廉尚燮全集：第 3 卷．首尔：民音出版社，1987：103.

❸ 韩国学者金禹昌指出：在以家族为题材的廉尚燮的小说所表现出的一贯的作家意识就是“对家族伦理的关心”，以及作为挽救堕落伦理的方法，认同“个人的个体性及社会性”。巴金的《寒夜》也符合这一点。金禹昌．非凡的人生和平凡的人生 [M]// 权宁珉．廉尚燮文学研究．首尔：民音出版社，1987：56.

❹ 郑明焕．廉尚燮和左拉 [M]// 柳宗浩．廉尚燮．首尔：西江大学出版部，1998：56.

❺ 除了封建的女性观，初恋情节可能也对这种负面的视角产生了一定的影响。下面引用廉尚燮的一段自白。“21、22 岁在京都时，有了所谓的初恋经历，但对方订了婚，所以最终放弃了。但结果在无形中给予了我蔑视女性的管见。”廉尚燮．所谓原型问题 [M]// 廉尚燮文章全集：第 2 卷．首尔：晓明出版社，2013：344.

廉尚燮小说中出现的新女性大部分如《你们得到了什么》中的德顺一样，以自由恋爱为口号，或如《爱与罪》的郑玛丽一样，沉浸在物欲与爱欲之中，最终走向堕落。当然，也有像顺英一样积极向上的新女性，但严格意义上讲，她近似传统的女性形象。高举个性的女性开始涉及家庭这一范畴。

就巴金而言，在“革命三部曲”和“爱情三部曲”中呼吁革命并离家的女主人公们再次选择回归家庭，《一个女人》便是代表。他的小说作品中再无摆脱父权制束缚、投身劳动运动的李静淑（《灭亡》），也无以妃格念尔为榜样、投身革命事业的李佩珠（《电》），取而代之的是饱受家务和金钱折磨的芸（《一个女人》）。谈论革命的新女性们已无法摆脱家庭。

此后，出现在两位作家作品中的大部分女性都没有摆脱家族或家庭的范畴。到了《二心》和《寒夜》，演变为以女性为中心的家庭叙事。值得一提的是，廉尚燮在短篇《南忠绪》中刻画了名为美佐绪的日本女性，借此来讨论传统家庭中的籍贯、财产继承权，以及以血统为中心的民族问题。

第四节　回归家庭叙事，深化批判精神

通过考察《一个女人》《寒夜》《南忠绪》可以看出，自1930年开始，巴金和廉尚燮小说中出现的家庭这一叙事单位的意义与之前截然不同。这种变化的端倪其实早就散见于两位作家相关的评论及散文当中。

巴金和廉尚燮在初登文坛之时，无一例外地都将批判的利刃对准了封建家长制。

> 我写《家》的动机也就在这里。我在一篇小说里曾经写过：“那十几年的生活是一个多么可怕的梦魇！我读着线装书，坐在礼教的监牢里，眼看着许多人在那里面挣扎、受苦，没有青春，没有幸福，永远做不必要的牺牲品，最后终于得着灭亡的命运。还不说我自己所身受到的痛苦！……那十几年里面我已经用眼泪埋葬了不少的尸首，那些都是不必要的牺牲者，完全是被陈腐的封建道德、传统观念和两三个人的一时的任性杀死的。我离开旧家庭，就像甩掉一个可怕的阴影，我没有一点留恋。……”这样的话你一定比别人更了解。你知道它们是多么真实。[1]
>
> （略）今天朝鲜家庭谁能享受和平与安乐？迄今为止，在无知父母的绝对亲权下长大，好不容易才知道这个世界是什么样子，能够分辨和知晓人情是什么的时候，被所谓一纸婚书卖给了从未被父母所提及的

[1] 巴金．关于《家》（十版代序）——给我的一个表哥[M]// 巴金全集：第1卷．北京：人民文学出版社，1986：441.

陌生男人手里。从此，在无条件的制裁和专横放肆的夫权下抬不起头，或有幸得到郎君的宠爱——在我看来是廉价的、毫无意义的、不彻底的——只不过是满足他物欲及性欲的机器而已。[1]

第一段文字是巴金创作长篇小说《家》时的心理状态。巴金对封建家长制怀有极大的仇恨。实际上，在他执笔创作《家》的时期，深爱的大哥因投资失败而服毒自杀。大哥之所以自杀，究其原因，也是为了重新振兴没落的家族。但大哥倾注一切想要振兴的家族，只不过是打着“礼教”的旗号扼杀青春，甚至剥夺生命的伏魔殿。除了大哥，他的二姐下场也很凄惨。她得了肺炎，但父亲认为西医不吉利，所以错过了最佳的治疗时间，最终在绝望中死去。他的一位缠了足的表妹终身未嫁。他们都是封建家长制的受害者。于是巴金毫无留恋地离开了这样的家庭。

虽然没有巴金这样的家族史，但从第二段文字中可以看出，廉尚燮一针见血地指出当时朝鲜家庭普遍存在的问题。和中国一样，对于当时大多数的朝鲜家庭而言，封建家长制的权威依然存在。正如廉尚燮所说，女性在出嫁之前屈于绝对父权，出嫁之后屈于绝对夫权。只是形式不同，并没有实质上的变化。她们仍然没有自由，只是满足丈夫物欲和肉欲的机器而已。因此，廉尚燮敦促女性觉醒是基于反对封建家长制的不合理性。

父权制确实在一定时期对人类社会产生过深远的影响。但到了近代，随着西方文明的传入，其弊端逐渐暴露出来，开始被知识分子视为批判的对象。实际上被誉为中韩两国近代文学先驱的鲁迅和春园都曾对封建父权制的弊端进行过尖锐的批判，并以身作则，与旧式妻子决裂，与新女性再婚。可以肯定的是，虽然对以家长制为基础的家庭进行了批评，但巴金和廉尚燮存在着差异。如果说巴金自始至终都是全面的否定[2]，那么廉尚燮则是选择性地否定。下面一起来看廉尚燮于1927年1月4日至16日先后7次在《朝鲜日报》上发表的一篇名为《民族、社会运动的唯心考察——反动、传统、文学的关系》的文章。

在这篇文章中，廉尚燮将传统分为“平面的或心理的”和“立体的或社会的”，前者定义为“贯穿‘土’的本来的血统”[3]。在这样的基础上，他认为传统不是抽象的观念或道德，是出于本能的母爱。而且，虽然从群婚时代过渡到个婚时代，经历了从母系继承到父系继承的变化，但促使这种变化的是血统或延续子嗣

[1] 廉尚燮. 妇人的觉醒之所以比男性紧迫的所以然 [M]// 廉尚燮文章全集：第1卷. 首尔：晓明出版社，2013：17.

[2] 无论是青年时期，还是晚年时期，巴金自始至终仇视象征着封建家长制的“家”。对此，陈思和给予了另一种解释：巴金把讨厌并否定“家”的行为用在文学只不过是一种“夸张的修辞”。实际上，他们家发生的事和其他平凡家庭发生的琐碎之事并无两样。但巴金通过女儿代笔的信予以了反驳。李辉. 巴金传 [M]. 北京：人民日报出版社，2011：180-182.

[3] 廉尚燮. 民族，社会运动的唯心考查——反动、传统、文学的关系 [M]// 廉尚燮文章全集：第1卷. 首尔：晓明出版社，2013：516.

的本能冲动。因此得出了如下的结论。

（略）总而言之，在谈论作为家族或民族的血统时，很多人都认为这是一种为了高扬民族意识或民族大义的名分，支持和拥护一切旧道德而进行说道的套话，但这是很大的偏见、很大的错误。其实这是人类生活的基调，同时也是本能的超越时间和观念的实在。❶

也就是说，在家族或民族层面谈论传统时，它不是任何“观念上的套话”，而是“人类生活的基调，同时也是本能的东西”。廉尚燮想说，家族（家庭）这一传统是本能的、原始的、超越性的存在。

两位作家对待传统家族（家庭）的态度背后实际上蕴含着对传统的认识。这种意识也可以从两位作家对传统文化的态度中看到。

（略）一种强烈的憎恨在我的心里燃烧起来，我诅咒中国的一切旧戏，我诅咒中国的一切旧的遗产。我诅咒整个的东方文化。（略）我说东方文化这名词里所包含的种种古董遮住了我的眼睛，使我看不见中国的未来，而且有一个时期使我甚至相信中国是没有未来的。这意思是很明显的。❷

（略）说到“传统”，我想起了我们的短篇小说。我们也有同样的优秀的传统：朴素、简单、亲切、生动、明白、干净、不拖沓、不罗嗦。可惜我没有学到这些。我过去读“话本”和“三言二拍”之类的短篇不多，笔记小说我倒读过一些，但总觉得跟自己的感情离得太远。❸

因此，现在我们拥有的古老的朝鲜作品即便有这样的弊端，也不能完全否认。也就是说，即使过去诗谣的内容歌颂了封建、原始农业时代的精神思想，也不能成为否认时调、民谣本身的理由。更何况，在其内容上，除了我们要扬弃的封建思想和传统之外，无论从哪个方面（即时间、空间、人性）发现它具有的普遍艺术美时，我们就不会只是将其视为古董，或是颠倒历史价值的研究材料，而否定它的艺术生命。❹

第一段和第二段文字分别节选于巴金 1933 年和 1958 年发表的评论。从中可以看出巴金对传统，更具体地说，对传统文化的意识变化。对年轻时的巴金来说，传统文化无异于落后时代，并阻碍中国发展的老古董。但人到中年，他在反省自己年轻时的轻率态度的同时，也肯定了传统文化的价值。第三段文字节选于

❶ 廉尚燮．民族，社会运动的唯心考查——反动、传统、文学的关系 [M]// 廉尚燮文章全集：第 1 卷．首尔：晓明出版社，2013：518-519.

❷ 巴金．薛觉先 [M]// 巴金全集：第 12 卷．北京：人民文学出版社，1989：174-175.

❸ 巴金．谈我的短篇小说 [M]// 巴金全集：第 20 卷．北京：人民文学出版社，1993：528-529.

❹ 廉尚燮．诗歌和民谣——文艺漫谈 [M]// 廉尚燮文章全集：第 1 卷．首尔：晓明出版社，2013：606.

廉尚燮1927年发表的对时调和民谣见解的评论。虽然同样年轻，但与巴金不同，廉尚燮对待传统文化的态度更为成熟。他主张不能盲目地全盘否定传统文化，对其中可摄取的营养（艺术美），应给予充分地吸收。至此，他重新发掘了传统文化的价值。

由此可见，对于包括封建家长制在内的传统文化，巴金大体上经历了从否定到肯定的意识变化，而廉尚燮始终持辩证的态度。从对家长制的认识及小说化过程来看，廉尚燮的情况大体上呈现出一致的倾向，巴金却并非如此。虽然对极力地否定封建家长制，但在小说创作中，他有意或无意间透露出了对传统家族的爱。

在巴金和廉尚燮的早期作品世界中，不难发现对封建家长制极其反感的主人公。巴金的中篇《灭亡》的杜大心，之后《新生》的李冷，以及《爱情三部曲》中从事革命事业的青年男女属于此类人物。廉尚燮初期三部曲的主人公，如中篇《万岁前》的李寅华，《爱与罪》的李海春和池顺英属于此类人物。但是，正如前文所述，20世纪20年代末30年代初，从《一个女人》《南忠绪》，到《寒夜》《二心》，情况发生了变化。家族不再是批判的对象，而是需要重建的对象。《家》和《三代》属于此类范畴。以往的研究将《家》的觉慧和《三代》的德基视为反抗的第三代，关注点在于以家长制为基础的家庭的解体。那么，结果是否真的如此？本书认为，有必要以觉慧的大哥觉新和德基为中心，重新思考这一问题。

对于《家》而言，研究成果大多聚焦于封建家长制的解体，可以说在很多方面具有说服力，但《三代》则完全不同。只要深入了解德基，便知这一结论难免有些牵强。而且《家》不同于《三代》，它并非独立作品，而是三部曲之一。所以应该将其余的两部作品放在一起综合分析。觉新和德基都是一定程度上保有传统家族意识的人物。本书选择觉新的原因也在于此。

《家》围绕的核心事件便是觉慧的离家出走。从这个意义上来讲，可以理解为是对封建家长制的反抗。但到了第二部《春》，觉慧则不再登场，只是通过叙述者简要介绍他在上海某革命团体活动。《春》的主人公是觉慧的表妹淑英。她因反抗父亲指定的婚姻，也选择了离家出走。应该说她也是继承了觉慧反抗精神的人物。到了第三部《秋》，故事情节随着封建大家族的解体，围绕着各自的未来生活展开。那么，有没有贯穿三部作品的重要人物呢？那便是觉新。

《三代》的故事核心围绕赵氏一家为争夺财产继承权而产生的一系列内部矛盾展开。随着祖父去世，水原姨太、赵相勋等一行人伪造假文书，企图夺取财产继承权的诡计表面上加速了家族的解体。而炳华、皮革等社会主义者则是作家为表现封建家族制度不合理而刻画的人物。但尽管如此，在作品的最后，德基仍表现出想要维护家族的一面。

其实，觉新和德基这两个人物有很多相似之处。两人都是受过近代教育的知识分子，都接受了父母指定的没有爱情的旧式婚姻。但两人比任何人都了解封建家长制的弊端，并对其持反对态度。在两部作品中，觉新和德基都被描绘成致力于缓和并解决上一代和下一代、家族内部和外部矛盾的人物。觉新夹在因小事而争吵的叔母和弟弟、祖父和弟弟们之间缓解矛盾。不仅如此，他也是封建家长制的受害者，接受了父母指定的婚姻，所以看到反抗封建包办婚姻，欲离家出走的淑英，便不遗余力地给予资金上的支持。实际上，觉慧逃亡上海后，一直接受大哥觉新的接济。同样地，德基也对沉迷于酒色游戏的父亲的花销表现出了宽容和大度。不仅如此，水原姨太用砒霜毒死祖父的事实被曝光后，德基担心余波会给家族带来不利，通过金钱手段收买警察，最终顺利地掩盖了真相。此外，除了照顾自己的挚友马克思主义者炳华外，当得知弼顺的父亲因参加社会主义运动而遭受酷刑而离世，便主动承担了她的学费。

（略）"'我的病恐怕不会好了，我把继母同弟妹交给你，你好好地替我看顾她们。你的性情我是知道的，你不会使我失望。'（略）爹肩膀上的担子就移到我的膀上来了。从此以后，我每想到爹病中的话，我就忍不住要流泪，同时我也觉得我除了牺牲外，再也没有别的路。我愿意做一个牺牲者。一个牺牲者。然而就是这样我也对不起爹，因为我又把你们大姐失掉了……"❶

老太爷想快点把德基叫来，虽出于疼爱孙子的心，但有一点很重要，就是想当着孙子的面处理财产。当然不是想把儿子排除在外，但不管怎样，就是想当着孙子的面留下遗言。❷

"学习重要？还是家里的事重要？你不在其实也不妨，但只要我闭上眼睛，这个家里会变成什么样子，即便你再是小孩子也会知道。什么毕不毕业，你趁早死了这条心，踏踏实实地接好那把钥匙。你一生的命运，全家的命运都在那把钥匙。你要保管好钥匙，守好祠堂。交给你的只有祠堂和那把钥匙。除此之外，遗言什么的都没用。之所以让你学习也是为了好好保护这两样东西，所以如果放弃这两样东西而学习的话，那就是亡羊补牢。再说了，读了这么多书，也可以挺起腰板吆喝两嗓子了。"❸

大哥觉新平日里常常因逆来顺受而被弟弟们诟病，但却在临终之际哀叹自己身世的同时显现出身为一家之长的精神面貌。原来他的父亲是高家的长子，履行着家长的职责。但由于过早离世，所以家里的一切自然都落到了他的肩上。这

❶ 巴金．家 [M]// 巴金全集：第 1 卷．北京：人民文学出版社，1986：106-107.
❷ 廉尚燮．三代 [M]．首尔：文学与知性社，2004：406.
❸ 廉尚燮．三代 [M]．首尔：文学与知性社，2004：422-423.

可以说是长子继承制比较突出的部分。主动承担起家长责任的大哥要遵守父亲的遗训，好好照顾继母和兄弟姐妹。尽管受到了不公的待遇，但他依旧忍了下来，而这也许应该受到批判。但反过来讲，如果连他也离开这个“家”，那就没人承担“家长”的责任。叔叔虽满嘴仁义道德，但私下里声色犬马；婶婶和爷爷的姨太对家里的财产虎视眈眈。不仅如此，弟弟们之所以能大谈个人的自由和幸福逃离家，也全都是因为大哥在背后的照顾和接济。值得注意的是，在第三部《秋》中，觉新迎娶仆人翠环为妻。这样看来，大哥觉新是一位力图以亲情、友情、牺牲精神为基础，同时体现新旧家庭伦理积极一面的人物。

虽然不是在病床，但为了以防万一，赵老太爷把孙子德基叫来，提前留下遗训。如果说在《家》中，父亲托付给觉新的是“继母和弟弟们”，那么在《三代》中，赵老太爷托付给德基的是“祠堂和钥匙”。这也是两部小说形成鲜明对比的点。无论是把“家族的延续”的宿命交给儿子的觉新父亲，还是临终前叫来子孙，并嘱咐他们好好读书、立身扬名[1]的高老太爷，关注的都是“家族”。虽然赵老太爷也重视“家族”，但相对于高老太爷，他更看重“钥匙”（钱）。正如德基一生的命运在于守护“钥匙”一样，“家族”的存在与否完全取决于此。但高氏一家看重的并不是钱，而是“权威”和“身份”。高老太爷之所以供子孙们读书，最终目的也是维护这两点。这也是与赵氏一家本质上不同的，传统地主阶级家庭所具有的特性。但可以肯定的是，德基会选择与父亲或爷爷一代不同的生活方式。与失去信仰、陷入爱欲的父亲，或秉承金钱至上，为了维持两班身份，不惜花重金制作假家谱的爷爷不同，德基虽然会守护家族，但绝不会吝啬或堕落。

当然，正如很多研究所指出的那样，《家》和《三代》确实存在着与以血缘为基础的家族相对的，以信仰和理念为基础的共同体，但两位作家对此始终持保留态度。无论是以觉慧等一众青年为中心进行的杂志发行活动，还是以炳华、敬爱、皮革为中心，在山海珍进行的秘密运动，毕竟只是具有颠覆体制的“可能性”。实际上，觉慧在第一部《家》的末尾离家出走，去往未知的大城市，在第二、三部中压根没有出场。他的行踪也只是由叙述者或觉新简要说明，仅此而已。而觉民在新思想的影响下，虽模仿社会主义运动团体组织了均社，但最多只停留在组织戏剧的层面，并未断绝与家人的关系。因此，“激流三部曲”的叙事中心始终倾向于两点：一，封建大家庭的解体；二，新的家庭形式及符合这种形式的家庭伦理的创造。

在《三代》中，炳华虽对德基家的传统生活及思维方式进行了尖锐的批评，但讽刺的是，得到德基最多帮助的人也是他。他和敬爱、皮革一起以山海珍为根

[1] 廉尚燮．三代 [M]．首尔：文学与知性社，2004：375.

据地秘密开展社会主义运动，但最终被殖民当局发现，皮革自杀。这里需要关注的是他对“阶级斗争”及“同志友谊”的看法。

你的斗争意欲——与其说是意欲，不如说是你习惯性把自己庞大的身躯禁锢在僵化了的狭隘感情里，还要枷锁，我看了实在可怜。你就像义子女或者是在继母手里长大的人一样别扭，这不是没有理由的。我同情你，但是我不能相信你凭着没有变通性的狭隘的斗争感情就能成大器，就能做大事。这且不谈，你以所谓阶级斗争的感情对待我，这是正确的吗？（略）得到同志爱，也许没有比这更幸福的事，然而，不也应该照顾一下私人的实际生活吗？斗争并不是克服的全部手段，包容和感化也有相当于“榴散弹”的效果。如果说斗争是全线的，整个部队的行为，那么包容和感化是为了征兵和俘虏而准备的手段。包容和感化也如同斗争一样是积极的。❶

弼顺根本不想一生背着沉重的包袱过流浪生活。她没有打的抱负，并不像成为富人家的媳妇能耀武扬威，只求能够挣点钱奉养父母，最后出嫁。她说要念书，也只是作为一种想找一个比当工人好一点的工作的手段。她平时尽管受到父亲和炳华的感化，然而并不想抛弃家庭，离开夫妇干什么事。❷

第一段文字节选自德基写给炳华的一封信。在德基看来，炳华的阶级感情具有过分的“排他性”。那里只有“敌我之分”，再无其他。这种“非黑即白”的逻辑从不考虑“私人的实际生活”，尤其是东亚社会非常重视的“家庭伦理”。对于抛弃家人甚至与父亲断绝关系的炳华，德基投以怀疑的目光。在他看来，“同志友谊”固然重要，但“包容与感化”也不容忽视。而能够体现这种情感的一个非常重要的媒介就是“家庭”。

对于炳华的莫斯科留学建议，弼顺也有自己的苦衷。弼顺自开始就是一位与“理念”和“信仰”相去甚远，落脚于“现实生活”的人物。她读书充其量也只是为了维持生计，具体来讲，是为了更好地履行出嫁赡养父母的义务。这样看来，弼顺反而是符合“家族伦理”的人物。炳华和父亲在思想上对她的影响反而成为形成这种“自我意识”的基础。叙述者在表达弼顺想法的同时，不知不觉地将价值取向的天平倾向德基。可以说，这也是作家廉尚燮的意识。这在宣扬社会主义才是时代的牵引车，并自诩先觉者的炳华的一句“虽然有年龄、性格的关系，但区区一个弼顺也不能靠我的力量拉上时代的牵引车”❸ 自嘲中，尽显无疑。由此可见，作家在《三代》中将重点放在了“现实”而非“展望”上，这种“现

❶ 廉尚燮．三代 [M]．首尔：文学与知性社，2004：296.
❷ 廉尚燮．三代 [M]．首尔：文学与知性社，2004：396.
❸ 廉尚燮．三代 [M]．首尔：文学与知性社，2004：403.

实”的重要归结点便是“家庭”。

巴金和廉尚燮分别在《家》和《三代》中刻画了忠于传统“家长”职责的两个人物——觉新、德基，以谋求创造新的家庭伦理。

第五章　东亚近代小说中的《家》

中世纪社会是由封建家长制支配。男性年长者同时拥有财产权和道德权威，并以此来管理家庭。

随着中世纪社会向近代社会转变，家长失去了原本的权威，家庭成员之间建立了平等的关系，拒绝以父亲和儿子、男性和女性、年长者和年幼者之间的差别为前提的秩序，“人人平等”的主张成为热门话题，人际关系正在朝着根本性的变化方向发展。但变化的同时也伴随争议和阵痛。

在近代开始的20世纪初，中国、日本、韩国都出现了描绘家长死亡，并提出质疑一个时代的小说。巴金的《家》（1931）、岛崎藤村的《家》（1912）、廉尚燮的《三代》（1931）都讲述了这样的主题。这三部作品分别反映了本国的现实。它们针对家长是谁，又该如何评价给出了不同的看法。三部作品将一个家庭内发生的事情与整个社会的动向相关联，了解家长制终结的历史意义。三部作品看待新旧交替的基本观点较为一致，着重探讨了年轻一代对墨守成规的老一代的反抗。

第一节　岛崎藤村的《家》

岛崎藤村的《家》由三个家庭的故事组成。小泉家、桥本家、名仓家由姻亲相连，但生活方式和家风不同，形成了鲜明的对比。本来处境相同，但在经历时代变化的过程中，三个家庭的命运发生了变化。

三个家庭的成员都是农民出身。他们不是城市居民，也不是贵族，而是世代居住在农村的农民，从彼此联姻来看，境遇相同。他们在农民中属于上层。他们拥有很多土地，通过地主身份赚钱，生活还算宽裕。他们有一定的学识，还世袭了村长之位，掌管村里行政事务的地位。作家自己本身就出生在这样的家庭，并以小说的形式将其形象化。所以，他被称为将故乡和父亲形象化的作家。

作家在作品中反复强调了小泉和桥本属于“旧家”这一点。两家历经几代，成为了象征农村统治阶层的“本百姓”，其中扮演村里头目的又被称为“庄屋”。

两家以此为荣，不想抛弃悠久的传统，但因不能适应新时代而衰落。同时，又为了表明差异，作家将两个家族相互对照。相比之下，名仓家适应了新时代的变化，走向繁荣，并最终清算了“旧家”。三个家庭的关系浓缩着时代变化的趋势。

“庄屋”作为村子的支配者，既是地主又是掌权者，经营着具有现金保障的的住宿业务，还运营商店。虽然出身不是武士，而是平民，但因为是地主、掌权者，所以等同于他国的贵族。虽然不是町人，在城里被看作是农民，但因为从事货币经济，所以和其他市民并无两样。

1868年明治维新兴起后，名仓家经历了巨大的变化。一方面，由于中央政府掌管地方后，村长的地位不再世袭，而且随着拥有全国流通网络的商业体的发展，小规模的传统商贩受到打击。另一方面，由于身份上的限制被解除，许多农民可以进城做市民，也可以步入政界。小泉家拒绝接受时代的变化，最终经历了巨大的考验。随着希望代代相传的家风能够源远流长，并被视为典范的小泉忠宽疯癫，最终惨死。他的儿子小泉三吉虽然移居东京，想要开辟新的生活，但最终失败并陷入绝望。作家通过刻画这一过程，感叹这是无可奈何、令人惋惜的事。作者评价这种家庭是日本传统的守护者。作为传统社会的正式统治者，城市的“武士”随着时代的变化转换了身份，但农村的“旧家”因为做不到这一点，在守护悠久传统的过程中受到了巨大的打击。对此，作家在回顾的同时感到惋惜。在描绘代表一个时代终结的家长的死亡时，岛崎藤村将家长的身份设定为农村的权贵，这与巴金将家长设定为贵族，廉尚燮将家长设定为获得贵族身份的市民阶级有着质的区别。此外，对于即将过去时代，岛崎藤村给予了肯定，而其他两位作家进行了深刻的批评。

无论是正式贵族还是伪贵族，都应退出历史舞台，但应该拥护没有特权，在开拓和维护农村的同时以传统价值观为信念的人。作家在作品中，将宣告终结的家长制的家长身份设定为农村的“旧家”，而不是“武士”，从而为拥护保守主义提供了论据。巴金和廉相燮描绘了身为家长的祖父一代去世的过程，并强调孙子一代因此而开拓新的生活，而岛崎藤村却让儿子探寻父亲去世的缘由。

作品开始时，小泉忠宽已死。随着故事的展开，儿子小泉三吉摸索着记忆，综合街坊所言，找寻父亲生前的样子，并查明家族为何不得不经历苦难。这一行为随小说情节的发展阶段性地进行。如果说父亲的死标志着一个时代的结束，较长地叙述死亡的过程虽是常理，但在这部作品中，三吉追忆亡父，表达出了对过往时代的不舍。

父亲笃信神道，醉心于国学。这一点在儿子一边参观桥本家的书斋一边回忆父亲的情节中第一次体现。两家所藏之书的风格正好说明了精神背景的差异。

虽然与父亲所好不同，桥本家很少有关于本居派学说的著述，万叶集和古史记相关的书也很少，日本和汉朝的史书、诗歌更是少得可怜，但有很多桥本流武术及武道的手抄本，也有经书、字类。还有不知是谁搜集到的汉译本旧约圣经。❶

与三吉的父亲酷爱并崇拜国学不同，桥本家的人涉猎武术、儒学、基督教。这也并不是说三吉的父亲固执。他不仅心志坚定，而且是一个温柔多情的人。下面这段文字很好地体现了父亲的人品。

爸爸重视女儿的习字本，还写下贞操、献身、博爱、勤劳、克己、诚实、笃行等训诫，教授给女儿小泉种。❷

这么优秀的父亲疯癫了，最终死亡，让人难以接受。儿子为了解开这个疑问努力寻找线索，后来才发现是因为和黑船这个假想敌战斗。黑船就是西方的船。因为父亲留下了画，这也成为推理的证据。小说快结束的时候，儿子从父亲的遗物中找到了那幅画，解开了长久以来的疑问。

他找到了熏黑的梧桐木箱。其中有先祖临死时留给孩子的信、古人抄袭的武器、马具、画、详细记载出兵准备的文书，还有各种旧物。三吉在其中发现了一幅画“黑船”。他神奇地看了好几遍。半张大小的纸上印有古人眼中的幻想。“这艘船就像是幽灵。”三吉一边看着这艘荷兰船的画像，一边像是想到了什么，喃喃自语。“我父亲之所以疯，也是因为这个幽灵”。❸

为了不让西方的舰船入侵日本，三吉的父亲想要自己阻止它，结果精神失常去世。可以说，父亲的死象征着因与西方入侵作斗争而受难的传统。儿子最终知道父亲去世的原因，对父亲抱有同情和尊敬之心。这同时也是作家的想法，也让读者产生了同样的想法。

桥本家世代在山中经营住宿业，并靠倒卖药品为生。在外人看来，把创业主的画像挂在厅堂并祭司，继承创业精神是件奇怪的事情。与小泉一家试图坚守日本的传统，最后却不堪国家命运的重担走向破灭不同，桥本一家踏实地坚守小事，毫不动摇。这虽是一件幸事，却不值得评价。

名仓家的人去北海道做生意，积攒了很多财富。从阿伊努民族手中夺走的土地北海道对日本人来说是新天地。就像美国人开拓西部一样，日本人希望有机会到北海道大捞一笔。不迷恋过去，具有进取务实的思维方式，善于利用这个机会展现新兴日本的发展风气。老家族因无法适应时代的变化而没落或失去活力，带着开拓精神进行冒险的家族崛起并繁荣是理所当然。

这部作品的特点是通过对比三个家族的特征来展现时代的变化，而接下来要

❶ 岛崎藤村．家 [M]．卢英姬，译．首尔：民文库出版社，1990：27.
❷ 岛崎藤村．家 [M]．卢英姬，译．首尔：民文库出版社，1990：34.
❸ 岛崎藤村．家 [M]．卢英姬，译．首尔：民文库出版社，1990：343.

讲的中国和韩国的作品讲述了一个家族几代人变化的过程。两者存在质的不同。这种差异源于日本家庭具有的特殊意义。日本的传统家庭不同于其他家庭，是生计与家风需要代代相传的独立体。家长之位不一定非要传给儿子，也可以由女婿来继承。相较于血统，家风的一贯性更为重要。

很难想象继承者放弃世代的工作，另辟蹊径。时代变化，几家兴旺，几家衰败。就像家族是人格体一样，因时代的变化，或被排挤，或走在前沿。对于想要用新的方法来振兴没落家庭的儿子而言，很少会改革家风，这是惯例。但从中世纪到近代的过渡期出现了从未有过的变化。

想要守护整个国家悠久传统的家庭灭亡，踏实地坚守自家家风的家庭坚持了下来，靠着前所未有的事业起家的家庭蓬勃发展。古老家族尊崇祖先、尊崇家长的风气在新家族中消失不见。作家如实地描绘了这种变化，并对象征古老传统的家长制的消失深表遗憾。

据说作品中的小泉一家就是现实中的作家一家，三吉就是作家本人。作者珍藏着三吉对父亲的回忆，虽然对日本传统社会的没落感到遗憾，但也认为世界的变化是理所当然的。无论是谁，都要专注于某一件事。正因为这种日本独有的市民意识，岛崎藤村最终成了一位小说家。因为他深知不能用回忆来改变世界，所以忠实于描绘世态炎凉，最终被评价为自然主义作家。

第二节　巴金的《家》

巴金的《家》与《春》《秋》一起构成了“激流三部曲”。只拿《家》和其他两部作品相比也有值得关注的共同点和差异点。《家》以 1919 年的五四运动为时代背景，叙述了当时的社会变化导致有着悠久历史的家族没落，家长离世。在旧时代曾大行其道、耀武扬威的家族现如今落后于时代，这一点与岛崎藤村的《家》如出一辙。和岛崎藤村一样，巴金出身于这样的家庭，所以将自己的经历小说化。据说作品中出现的“觉慧”就是作家巴金本人。

但巴金认为，如同自己的家一样，旧家族没落理所当然。他描述了封建家长死亡的过程。这一点与岛崎藤村的《家》不同，却和廉尚燮的《三代》一致。对于已经逝去的先祖，可以以虔诚之心缅怀，但想要延长将死之人的命，则是一种丑态。子孙们因此而遭受了无谓的痛苦。这不是一个家庭发生的事，而是一个时代结束伴随的阵痛。

《家》的登场人物包括祖父孙三代人，这一点与廉尚燮的《三代》相同。岛崎藤村之所以比较三个家族，是因为日本的实情。日本社会认为，家庭内部很难发生大的变化，而在中国和韩国，爷爷和儿子、儿子和孙子选择不同的道路是完全可能的事。廉尚燮从三代人中各选一位，而巴金在第二代和第三代人物当中选择了多位。

作为彰显地位和财富的高家家长，“绅士”高老太爷供奉身穿清代官服的祖先遗像。在清朝，科举高中并做官的“绅士”是支配身份的象征。作为一家之长的高老太爷支配着其他家庭成员。“高”这个姓蕴含着高高在上之义，符合老太爷的性格。他虽然有名字，但家人不能叫，只能称之为老太爷。

高老太爷是旧时代的贵族和地主，是传统价值观的守护者。拥有封建家长制赋予的绝对权威，治家严厉。他拥有随意摆布子孙或仆人，并行使任何暴力的绝对权力。对于家道中落，他并不肯承认。作家通过这种方式来展现需要清算的旧时代的样貌。

第二代是以克明、克安、克定三兄弟为首的“克”字辈儿。“克”字暗示着克服上一代顽固的思维方式，践行自由世界的意志。“明”“安”“定”三字意味着光明、舒适、稳定。但实际情况并非如此。这三个人没有中科举，所以没有继承“绅士”的身份，也没有固守传统价值观的学识。即使知道家道中落也没办法。克安和克定属于无所事事，背弃人伦道德的人，展现了贵族最后的悲惨下场。

为了克服这种危机，克明独自努力。他选择了新时代被人刮目相看的律师职业，赚钱后没有买水田，而是买了证券。他认为贵族转变为市民才是明智之举，所以积极开拓了新的道路。但这项任务还处在尝试阶段，只有下一代接下去才能积极地推进下去。

高家的第三代属“觉”字辈人物，具体为觉新、觉民、觉慧、觉群、觉世。汉字的象征意再一次鲜明地表现了出来。“觉”字意味着觉醒，而“新”“民”“慧”“群”“世”为觉醒后获得的结果。巴金认为，经历五四运动的洗礼，理所应当从意识上应该开辟新的时代。但名字有可能违背实际。衰败的家庭没有出现革新人物的保障，时代的改变并不意味着旧习可以一举革新。孙子一代走了不同的路，所以形成了对比或对立的关系。

觉群与觉世年纪虽小，但还是继承了上两代人的陋习，经常戏弄女仆。要想自己走上毁灭之路，无所不能。觉新是站在新旧中间的人物。觉慧拒绝了自家的旧习，选择了与新时代并行的道路。他认为要成为主力军，担负起建立新中国的历史性任务。

> “你将来不也是绅士吗？”……
>
> “我们的祖父是绅士，我们的父亲是绅士，所以我们也应该是绅士吗？”
>
> “受不了这种绅士家庭中间的闲气吗？……明明是一家人，然而没

有以一天不在明争暗斗。其实不过是争点家产！”

这段对话，很好地表现出了觉民和觉慧拒绝旧时代的姿态。他们一点也不觉得为祖辈考上科举成为绅士而感到自豪。他们认为，绅士会因贪欲而引起纷争，而自己则要开拓新的生活。为此，他们接受了新时代的思潮和新教育。他们阅读传播五四运动理念的杂志《新青年》，抛弃成为绅士所必修的古文，学习象征新时代的英语。在外国语专科学校就读期间，从英国教师那里学到了英语，并把史蒂文森的《宝岛》以英语话剧的形式搬上了舞台。他们感受到了无比的自豪。

但向新时代的转变并不顺利。军阀占了上风，把教育费转为军费。由于军人妨碍了学生们的戏剧表演，发生了冲突。学生们举行抗议集会没有得到回应，于是罢课。觉慧积极参与学生运动。这件事传开后，爷爷叫来觉慧并责备他，下达了禁门令，还让觉新监督。新旧冲突尤为明显。

“你们学生整天不读书，只爱闹事。现在的学堂真的坏极了，只制造出来一些捣乱人物。”

听到这句话的孙子感受到了距离。“他觉得躺在他前面的并不是他的祖父，他只是整整一代人的代表。知道他们祖孙两代永远不能够互相了解的。”

高老太爷在强调人伦道德的同时，也自得其乐地生活着。他与妓女有过风流韵事，并娶周氏为妾，享受晚年。但他要求自己的儿子和孙子按照既定的规范生活，也不认为家里的仆人和女仆应该拥有自己的生活。

高家有一位女仆，名叫鸣凤。17 岁的她爱慕觉慧，而觉慧也对其倾心。但有一天，周氏叫来了她，传达了高老太爷将要把她嫁给冯乐山作妾的决定。冯乐山年过 60，妻妾成群，是位富人。如果能够侍奉好他，可以少受一些苦。鸣凤经受不住打击，出门彷徨，最终喊着“觉慧少爷”投湖自尽。虽然觉慧忘不了鸣凤，还曾在梦中重逢，但凭自身的力量什么也做不了。

对高老太爷来说，这件事没有任何影响。他继续充当随心所欲管理家庭的暴君，扩大了痛苦。他认为对于孙子们的婚事，自己绝对有决定权，且理所应当。他没有询问当事人的想法，所以家里充斥着不满。长孙觉新因此经受痛苦，最终选择放弃抵抗。他虽然喜欢表妹，但父母认为两人八字不合，且表妹和母亲之间的关系也不和。因这些原因，最终他不得不选择放手，迎娶爷爷指定的女子为妻，循规蹈矩地生活。对于因不幸的婚姻而成为寡妇的表妹，他也只能心疼。

但是孙子觉民并没有走哥哥的老路。他喜欢堂妹，并约定终身。面对爷爷强制要求他迎娶自己不喜欢的女子为妻，他毅然选择离家出走。离家时，他给大哥觉新留下这样一段话。

“我做了我们家里从来没有人敢做的事，我实行逃婚了……我要和旧势力奋斗到底，如果你们不打消那件亲事，我临死也不回来。”

当觉新劝其回家时，觉民拒绝，并写了一封拒绝的信。他在信里又说了如下的一句话。

> “我这时候坐在一个小房间里，好像是一个逃狱的犯人，连动也不敢动，恐怕一动就会被捉回到死囚牢中去。死囚牢是我的家庭。”

但爷爷的态度很坚决。看到孙子的反抗他彻底被激怒了。他认为大人决定的事子女不能够拒绝，如果拒绝就是不可饶恕的事。但事情朝着无法控制的方向发展，他感到了绝望。孙子觉民的反抗、儿子克明的放荡导致他伤心过度，一病不起。他想见觉民一面，但被拒绝。最终他取消了婚约，觉民才出现在病榻前。他见到了孙子觉民，安心地去世。就这样，一个旧的时代宣告结束。

第三节　廉尚燮的《三代》

从严格遵守传统价值观的角度来看，廉尚燮《三代》中的赵老太爷和高老太爷一样。但巴金刻画的高老太爷是贵族，想要维护贵族的威严，而赵老太爷是通过金钱的手段买来贵族头衔的人。廉尚燮详细叙述了这一经过。

> 正值《乙巳条约》时，拿出两万两，相当于现在的四百元，在四十多岁时贴上了玉冠。虽是借了个头衔，但今天赵议官这个称号也并不是很荒唐。
>
> 日本威胁大韩帝国签订掌握国权的《乙巳条约》时，出钱买了官，而恰是卖国内阁成员中就有一个收了钱。官职并无其他，也不是实职，而是名誉职——中枢院议官。虽然没有因此而产生什么额外的好处，但得到了赵议官的称号，他感到很满意。由于是近来才买来的头衔，所以需要重新制作族谱，不得不出资。但他丝毫不吝啬。
>
> 在说明交钱的事情时，他说：“如果是养子，也有权继承财产，但如果是没有钱的养父母，也有义务赚钱赡养。”编入族谱时需要说明是谁的后代，但由于不知道先祖是谁，所以为了那位不知晓的先祖，需要花很更多的钱。
>
> 由于是买来的贵族头衔，所以为了给先祖正名，负责此事的人说需要花一万两钱。他们说自掏腰包，拿出五千两，另外五千两由赵议官准备。说自掏腰包是谎话，是为了骗取赵议官的五千两钱才出此下策。赵议官也不是傻，虽一面讨价还价，一面拖延付款日期，但也不觉得为了祖先是件没用的事，最终还是选择妥协。
>
> 赵议官以市民的能力获得官职，成为贵族。之后他又否定自己的市民身份，转而维护贵族家门的事。虽然社会早已开放，身份等级早已今

非昔比，但他还是为了身份变化支付了巨额的代价。虽姗姗来迟，但他依旧要履行守护贵族这一神圣使命，可笑至极。赵议官试倒行逆施的行为完全没有说服力。

赵议官的死比高老太爷的死叙述得更长，更详细，展现了一个时代即将终结的阵痛。但那不是一件悲痛的事。高老太爷看到回来的孙子后，放下了心，最终安祥地闭上眼睛。但赵议官的死则不然，他在临终前没有获得任何慰藉。他的死没有庄严的意义。因为他的死并不是一个时代的终结，而是一个时代错误的终结。

中韩两国的社会史进程不同，产生了这种差异。在中国，只有科举及第才能成为“绅士”，所以不可能有假贵族，无须辨别真假，但在只要出钱就可以成为“贵族”的韩国，有着太多的“冒牌货”，所以无法区分真假。明明是冒牌贵族，但赵议官的种种行为胜似真正的贵族。他的死意味着想要区分真假的尝试的终结。

赵议官的死也集中表现了有钱人的悲剧。赵议官自己也认为，娶水原氏为妾与买官做家谱同等重要。水原姨太生了一个女儿和一个儿子，因把赵老太爷照顾得很好，因而获得了应有的回报。但随着病情的加重，赵老太爷和水原姨太之间的和谐关系不再，变成了敌对关系。

赵议官担心自己死后水原之家会霸占家产。他无法相信儿子，所以把孙子叫了回来。他催促在日本京都学习的孙子德基，让他尽快回家。他当机立断，迅速地采取了措施。幸好在去世之前，孙子回了家。他将有价证券与装有遗嘱的金库钥匙一并交给了孙子，最终获得了胜利。但他不知道水原姨太在做些什么，所以从某种意义上来讲，应该说失败了。

赵议官在去世前住进了大学医院，医生诊断为砒霜中毒。当要求解剖尸体了解真相时，儿子尚勋表示赞成，孙子德基表示反对。德基猜到了大概，但决定掩盖真相。经确认，爷爷卧病在床期间一直吃的中药是水原姨太掌管。那么，水原姨太完全可以在德基回家之前用中药毒死赵议官，以此来获取胜利。

赵议官在不知情的情况下死去。儿子尚勋什么都不知道，只是为了解开疑惑，要求解剖父亲的尸体。孙子德基虽有猜测，但认为没有必要暴露出来当作问题，所以反对解剖尸体。他酬谢了诊断祖父死于砒霜中毒的医生，让事情告一段落。但不管谁说什么，老人都是因为有钱才被毒死。不管谁是凶手，其背后的黑手都是钱。

赵议官是一位拒绝时代变化，想要回到过去的人。他甚至为了追求过去的身份等级，不惜花重金给自己弄了个虚假的贵族头衔。但他无法停止让金钱攻击自己，最终殒命。世道变化，钱使人们不择手段，横行霸道，甚至草菅人命。赵议官想要回到过去的愿望终究无法实现，成为时代变化的牺牲品。

廉尚燮通过家长的死亡表明旧时代的结束不可避免，并向世人警告作为新时代统治者而出现的金钱正横行霸道，十分危险。岛崎藤村和巴金并没有像他一样。岛崎藤村虽然不认可钱的支配地位，但认为应该接受并利用。巴金乐观地认为，远离金钱买卖，自由活动的时代终将到来。廉相燮则认为，钱可以使有钱或没钱的人都变得不幸。他以赵氏一家矛盾批判了新的时代。

第二代赵相勋拒绝跟随父亲成为贵族。他反驳做贵族有什么用，并认为花自己的钱为别人的祖先服务是愚蠢的行为。他决定排斥那种虚张声势的行为，选择崇尚实利的市民之路。他认为这是理所当然之事，不能成为批判的对象。但与欧洲不同，问题在于，他为了成为市民想要改变文明圈所属的根基。他试图抛弃东亚的传统，积极接受欧洲文明圈的价值观。他留学美国，想要打破旧习。其实，他走了歪路。为了印证这一点，廉尚燮倾注了很多努力。

与对已成为过去的第一代表示关心和热爱的岛崎藤村，与致力于描绘第三代的反抗的巴金形成了鲜明的对比，廉尚燮将证明第二代的错误选择视为重要的课题。

就像二三十年前那个时代的新青年跌跌撞撞想向封建社会杀回马枪时任何人都做过的那样，他也曾经作为一个年轻的志士而奋起过，因此，从政治上看，他们的道路被堵塞了，只好拥到众人汇聚的教坛之下，屈膝跪拜，迈出了今天的宗教生活的第一步。用他最近常说的话来说，这也是在进行自我清算，如果在某个时期，他从宗教中拔出脚来，从思想上看，也许已经跨进了一个更新的时代，而在实际生活中，也可能早已按照自己的性格，在循着一条坦荡的道路前进，不在这种伪善的双重生活中徘徊了。

廉尚燮并没有觉得与老一代决裂的新一代的出发点本身就有错，但对于只要杀一个回马枪就会成为志士，反倒觉得有些夸张。问题在于相勋的志向不在政治，只能选择进入宗教界。他没能进行自我清算，只责怪世界，所以无法放弃优越感，继续滋生，最终过上了虚伪的双重生活。他反驳父亲因为不能抛弃旧时代错误的想法而不惜重金购买贵族身份，为别人的祖先花费巨额是错误本身没有问题。不能因为父亲的行为不当，就将自己的一切反抗行为合理化；不能因为父亲的责备是错误的，就可以无视所有的道德责任。这是更大的错误。所以他最终成了肆无忌惮的败类，蹂躏需要照顾的朋友的女儿，使其堕落。

美国留学在批判旧时代这一方面发挥了巨大的作用，但未能成为引领新时代的指南针。相勋认为在这片土地上，与历史一起创造的所有价值观、身而为人的道理都必须被唾弃，自诩为具有神圣精神的优越者，凌驾于世。他认为蹂躏和牺牲处于劣等地位的人也没错，这是将追随欧洲文明圈视为近代化时一定会出现的弊端。

岛崎藤村讲述与欧洲的黑船博弈，最终疯癫而死的人，并抽象地提出了恐惧，而廉尚燮将这种恐惧具象化。为了反对传统而成为西方追随者的赵相勋失去了生活的中心。就像不知道怎么和黑船博弈而疯癫一样，以西方的标准否认所有现有的价值，做出了否认价值本身的疯狂行为。两位作家各自展现了因应对西方挑战不当而产生的两种失败。只有将这两种失败结合在一起理解，才能看出前后的脉络。虽然方向相反，但从脱离正常轨道的疯狂行为来看，两者没有太大区别。对于这两类人，岛崎藤村一边同情一边试图理解，而廉尚燮一边批判一边抵制。

对于这种父亲，德基说："我觉得父亲好像站在了从封建时代到现在时代的独木桥的中间"。虽然过了，但那条路是独木桥，很危险。儿子不得不重新寻找安全稳固的道路。不能只为抛弃顽固的思想选择开化而感到自豪。不管做什么，只要赚钱就可以大摇大摆，这大错特错。

第三代的孙子拒绝贵族的生活和市民的生活，可以说是和无产阶级一起参加斗争的新时代青年。金炳华像觉民一样冲出家门，再也没有回来，不仅抗拒了自己的家庭，还反抗了整个社会。这样的人物金炳华被设定为主人公赵德基的朋友。没有赋予其正统性。

赵议官的孙子、赵相勋的儿子赵德基不是危险人物，是没有站出来行动的温和派知识分子。在激进派和稳健派中，把稳健派设定为正统，表明了比起激化斗争，更应该致力于实现和谐的想法。处于那种位置的德基也受到了考验。这世界对于稳健派来说过于凶险，和谐是很难实现的理想。

爷爷去世后，毒杀一说传开，给他开药的医师、介绍医师的人等相关人员被警方抓获。同一时期，日本帝国主义对左翼运动的无情镇压，金炳华及其背后的人物和其他多名参与者被抓走。赵德基因牵涉进那两件事被警方找到，随即自首接受了调查。

警方怀疑赵德基毒死了祖父，伪造遗书侵吞了财产，并推理，之所以这样做，是因为受到金炳华的唆使，想为左翼运动提供资金。可以看出，日本帝国主义警察引以为傲的新时代犯罪调查的逻辑非常完美，以在不勉强的情况下制造罪犯为特长。与警方博弈并摆脱嫌疑并非易事。要以证据对抗证据，以逻辑对抗逻辑。

因毒杀祖父事件给医生过分的好处的确是个问题，但委托研究中药制剂中是否有中毒元素，强调无论从地位和名声来看，都不是过分的额数。

"没有一笔钱。"水原姨太不得不作证说，在现场看到祖父活着的时候传递保险箱钥匙，所以得到了帮助。与金炳华的关系，德基说："一方面是为了救济离家饿着肚子的发小，一方面想促使其转变思想。”

其他嫌疑人继续接受调查，但赵德基被释放。赵德基的问题暂时解决了，但其他人的生活继续艰难且错综复杂。在相互对立的阵营中，赵德基不能偏袒任何一方，只能在其中成为调解人。这样做不是件容易的事。为了成为和解的中心，要比吵架的当事人更加努力。

赵德基对爷爷和爸爸既感到不满，又有赞同的两面意识，对金炳华也采取了同样的立场。这成了缩小具有传统价值的贵族、具有欧洲文明圈取向的市民、无产阶级运动家因调节关系而开展的路线差异，试图和解的中心点。但那是无法实现的理想，没有任何解决办法。

作品在同情弼顺——一个因左翼运动而变得凄惨的人的女儿时，感受到了爱情。但在靠近她时，德基怀疑自己是不是在重复爷爷和爸爸的外遇。虽然下定决心要走与爷爷、父亲不同的道路，但有钱人对没有优越感的穷人横行霸道的可能性并没有消失。

与作品中描绘的家族一样，岛崎藤村和巴金出身贵族，并将自己的经历作品化。两位作家对封建家长的死感到惋惜，在批评的同时也表现出了同情。但是廉尚燮是个中人，具体说是具有中人身份的市民。因为是中人，所以有自己的主体性和自豪感，不像赵议官那样假装贵族作威作福，也不像赵相勋那样一举倾于外来思潮。因此，他对封建家长的死表现出了比其他两位作家更冷静的批判态度。逝去的终将逝去，不需要惋惜，更不需要同情。

廉尚燮和赵德基有很多共同点。两人都是留学日本的新时代知识分子，想在理解左右翼的社会运动的同时寻找其折中点。但是赵德基对爷爷怀有热爱，处于继承家族的位置，但廉尚燮没有这样的遗产。因为这种差异，对赵德基也应该保持批判的距离，所以让金炳华单独登场。在思想层面上，使赵德基明确地与过去断绝了关系，从这一点来看，提出了金炳华是新时代主角的双重见解。

第四节　小　结

以上三部作品中出现的家长都尊重秩序和排行。他们认为无论在整个社会还是在自己的家庭，秩序都是价值的第一，为了维护秩序，尊重排行比什么都重要。他们以自己家族在分门别类的排行中处于高位而自豪，并认为自己在家族内部处于最高地位，因此有控制其他成员防止动荡的权利和义务。

但是儿子或孙子并不同意，逃跑和反抗，产生矛盾。家长拒绝随着时代的变化而发生的变化，而子孙们接受。在那次冲突中，家长败北。他们无法遵守拒绝社会变化的保守价值观，不得不下台。将该事件通过家长的死亡具体化便是三部作品的共同点。通过家长的死亡，可以看出时代的变化不可避免，这一点是相同的。

在三部作品中，都发生了拒绝家长对子孙的支配，破坏等级秩序，要求平等人际关系的变化，这些都发生在20世纪初。在经济史和政治史的变化上，欧洲领先，东亚落后，东亚各国也有相当大的差距，但东亚社会共同出现了价值观的转变。

巴金让过去获得及第并就任官职的最高地位的绅士担任家长。从而正面描绘了中国传统社会的终结。岛崎藤村作品中的日本家长是不属于贵族的上层农民。相当于贵族的武士适应了时代的变化，但上层农民讲述了想要维护传统价值观的情况。廉相燮视为问题的封建家长是以金钱购买到作为支配身份的贵族头衔的人。他在作品中展现出冒牌贵族对所获地位的偏执，并指出一切的祸根源自钱。

另外两位作家在作品中描绘了家长垂死的样子。他们延长了死亡的场面，揭示一个时代的结束虽然艰难，但不可避免。面临家长即将临终，子孙们被惋惜复杂的心情所束缚，感到反抗的过程已结束，自己有肩负起引领下一代的使命。岛崎藤村让父亲的死成为作品开始前已经发生的事情，并让儿子去寻找其中的缘由。其间没有反抗，有的只是追悼。

子孙对家长的态度也有稳健派和强硬派。巴金的兄弟性格迥异。哥哥想在一定程度上妥协，而弟弟压制不住反抗，只能离家出走。巴金对弟弟果断的态度表示认同，但同时又警告其危险性。廉相燮表现出反对分为右派和左派两条路线，并希望找到一种同时超越两者的和谐方法。

在东亚，对家长制的反对具体表现为脱离传统价值观而接受外来思想，岛崎藤村通过追悼家长，对大范围的近代化表现出了忧虑，理由是主体性丧失。但巴金对尚未实现的近代化抱有乐观的期待。廉相燮认为，以基督教为首的右派的近代化和遵循马克思主义的左派近代化各有问题，不偏向任何一方。他想找到非近代化的第三条路。

第六章 结 论

相较以往廉尚燮和巴金的比较研究成果，本研究涉及的范围更广。以1992年中韩建交为契机，中韩两国近代文学的比较研究逐渐活跃起来，优秀的研究成果层出不穷。廉尚燮和巴金的比较研究在这样的背景下进行。但遗憾的是，研究整体上处于停滞不前的阶段。有关两位作家的比较研究仍然集中在《三代》和《家》这两部特定的作品上，大体上共享封建家长制解体的命题。有鉴于此，本研究不以两位作家的个别作品，而是以整体作品为研究对象，围绕“离家”和“归家”过程进行考察。

本书的第二章以社会、个人层面为中心考察了两位作家的留学经历；第三章以个性（感性）、现实性、功利性为主，考察了两位作家的文学思想；第四章以“离家”和“归家”为中心，具体分析这些文学思想如何在具体的文学作品中呈现。

廉尚燮和巴金分别出生于朝鲜王朝末期和清王朝末期。随着本国封建制度的土崩瓦解，两位作家迎来了新时代。朝鲜王朝被日本帝国主义势力吞并，清王朝则被辛亥革命所终结。由于这种经验上的差异，廉尚燮和巴金眼中的近代各不相同。对廉尚燮而言，近代是不断被怀疑的对象，而对巴金来说，近代是实现梦想和信仰的彼岸。在这种影响下，两位作家分别留学日本和法国。韩日合并带来的近代体验催生了廉尚燮的现实认识。他比任何人都清楚日本帝国主义的强占意味着什么。因此，在日本留学期间，从一开始就放弃了学习经济、法律的想法，转投文学。但这并不意味着他没有民族情感。他借国内三一独立运动之势，计划在大阪天王寺公园宣读朝鲜独立宣言，但由于提前暴露，所以经历牢狱之灾。这些对他日后成为文学家起到了非常重要的作用。

清朝的灭亡给予了巴金探索新世界的渴望。在外地游学的过程中，他接触到了无政府主义思想，为了系统地学习这一思想，选择了去法国留学。但与当初想要学习经济学的想法不同，他对社会政治思想特别感兴趣。在这种情况下，他不仅参加了拯救萨柯和凡宰特的国际运动，还借文章表达了自己对国民大革命的看法。但是萨柯和凡宰特的死及国民大革命的失败给他带来了不小的打击。这使原本想要投身社会运动的他犹豫不决。因此，他选择了成为文学家，而不是革命家。

留学期间，廉尚燮和巴金接触到了许多外国文学作品，特别是包括迦尔洵和屠格涅夫在内的俄罗斯批判现实主义文学家的作品。由此可见，他们对社会、民族问题表现出持续的关注。这种留学经历赋予了身为文学家的廉尚燮和巴金不同的特质。廉尚燮表现出拒绝与世界对话的姿态，而巴金表现出不断地与世界对话的姿态。

在廉尚燮和巴金的文学思想中，个性及感受性占据着非常重要的位置。对廉尚燮来说，个性意味着个人独特的品质。而且，这种个性呈现出向民族扩大的趋势。因此，以个人、民族为基础的艺术自然各有其独特的一面。巴金非常重视个人的喜怒哀乐，认为这是文学创作的一个非常重要的动因。但和廉尚燮一样，他并没有把这种感受局限于个人，而是把它提升到了全人类都能认同的普遍层面。廉尚燮和巴金重视的个性和感受性都具有浓厚的悲哀性。但在“有无前景”的十字路口，与提出解决方案的巴金不同，廉尚燮始终没有轻易做出决断。

廉尚燮和巴金都重视文学的现实性。对廉尚燮来说，文学中出现的内容必然与包括本国社会、时代、民族形象在内的现实联系起来。不仅如此，廉尚燮主张的个性论和生活论都基于这种现实性。巴金也认为文学的内容应该反映生活，更具体地说是中国的社会生活。但之后，廉尚燮和巴金小说的主人公的个性（感受性）呈下降趋势，现实主义的面貌越加明显。这与叙事大体上从自由恋爱、革命、独立运动向家族转变的过程如出一辙。

廉尚燮和巴金都重视文学的功利性，但警惕文学沦为理念的宣传工具。对于社会主义运动，两位作家表现出开明的态度，但在对待左翼文学时，都强调了文学应具有的艺术性。在两位作家的小说中，不难发现革命者或“同情者”，但这些人物与左翼文学中出现的理念性主人公相比，更具现实性。也就是说，在艺术性的前提下，廉尚燮和巴金都重视文学的功利性。

廉尚燮和巴金重视的文学个性（感性）和功利性都可以囊括在现实性这一项。这里的现实就是殖民地朝鲜和半殖民地中国的社会现状。

在以男性主人公离家为主题的传统小说中，家族价值与社会价值呈现出一致的面貌。离家的主人公们经过一系列的磨难与考验后归家，家族与社会也重新恢复稳定。但是到了近代小说，随着传统家族价值体系变得相对化，离家的主人公拒绝归家，出现了混乱的局面。

廉尚燮和巴金的中篇《万岁前》和《灭亡》都以离家的男性知识分子为主人。他们都是封建家长制婚姻制度的直接受害者，有着摆脱封建家族束缚的强烈冲动。实际上，《万岁前》主人公李寅华为了躲避毫无感情基础的妻子，选择了赴日本留学；《灭亡》的主人公杜大心为了治愈情伤，离开故乡，进军上海。但是，分别经历回国之行及社会运动，两人直面殖民地朝鲜和半殖民地中国的社会现实。对李寅华而言，朝鲜社会在封建家长制和殖民统治之下，犹如“墓地”；对杜大心而言，中国社会在封建家长制和封建军阀统治下，犹如“尸体堆”。两人对民众分别表现出了不信与信任的态度。最终，李寅华选择了以“自己”为中心的向心生活，而杜大心选择暗杀封建军阀，最终失败后自杀。但李静淑作为后者的继承者，继续从事社会运动。这就是《灭亡》区别于《万岁前》的地方。同时，这里也折射出廉尚燮和巴金的留学体验。

虽然《万岁前》和《灭亡》中都描绘了以自我为导向和以社会为导向的人生，但两种生活并不是绝对的，其界限相对模糊。在《爱与罪》和爱情三部曲中，廉尚燮和巴金刻画了不仅为了爱情，还为了革命和民族独立献身的主人公们。他们都渴望摆脱封建家长制的束缚，实现自由恋爱。《爱与罪》的李海春和池顺英，“爱情三部曲”的吴仁民和李佩珠就是这类人。他们都向往以自由恋爱为基础的新生活，但是他们并没有局限于个人的爱，在独立运动家和革命家直接或间接影响下，逐渐认识到广义上的爱—民族独立、革命。最终李海春和池顺英相爱，前往中国东北继续从事民族独立运动；吴仁民和李佩珠虽然确认了彼此的爱，但为了革命暂时放下了爱情。从叙事的角度来看，相比把叙事重点放在恋爱过程上的《爱与罪》，爱情三部曲把叙事重点放在了革命的过程上。与自始至终关注社会运动的巴金不同，廉尚燮对民族独立运动始终持保留态度。这与留日期间，因策划举事而入狱的经历不无关系。但不管怎样，从这些作品中可以看出，主人公们的志向并不在家族，而是在爱情、革命、独立运动。

进入20世纪20年代末30年代初，中国的无政府主义运动逐渐进入衰退期，日本开始扩大侵略。随着新干会运动解体，民族主义运动实际上处于无法进行的状态。廉尚燮离开朝鲜后选择了中国东北行，在那里还担任过满洲日报社编辑部部长一职。这种外部及个人情况的变化也影响了两位作家的小说创作。可以发现，在这一时期巴金和廉尚燮小说中，很多人物并不是个性十足或从事革命、独立运动的人物，而是着眼于家庭。廉尚燮通过短篇《南忠绪》讲述了以家庭为中心的民籍和财产继承问题。南忠绪出生于日本人母亲和朝鲜人父亲之间，虽然通过婚姻的方式获得财产继承权，但不断经历身份的混乱。这种认同感的混乱源于以血统为基础的民族问题。因此，尽管他是“同情者”，但他无法站在社会主义运动的最前面，最终无法安于任何一方的他选择了美国留学。在这一作品中，廉尚燮不仅涉及家庭问题，还涉及以血统为基础的民族、传统问题。但新干会解散后，朝鲜社会已无实质性地谈论民族问题的环境，所以他把焦点转向了家庭（家族）叙事，因此诞生了《三代》。巴金在短篇《一个女人》中描绘了女性革命家放弃革命、选择家庭生活的过程。选择过平淡生活的芸在某一天迎来到访的同志。与忙于革命事业的同志不同，她已经习惯了以“孩子”为表象的家庭生活。也就是说，过去热衷于自由恋爱和革命事业的主人公们回归家庭生活。长篇小说《家》恰好位于这一变化的延长线上。

自《三代》和《家》以后，廉尚燮和巴金以家庭或家族为题材的小说渐多，其中具有代表性的便是《二心》和《寒夜》。新女性春京和曾树生虽然以出轨的方式替代无能的丈夫养家，但受到封建家长制伦理道德的指责。与选择新生活的曾树生不同，春京受到丈夫的惩罚，最后服毒自杀。与充分尊重新女性自我意识的巴金不同，廉尚燮仍然坚持传统的女性观。对于选择新生活的曾树生，巴金也暗示她无法完全摆脱传统的家族意识。通过展现新女性的不同命运，两位作家仍然提出家庭意识这一重要的范畴。

家族对于《三代》的德基和《家》的觉新而言，并不是仇视的对象，而是守护的对象。他们在缓解家庭内部矛盾的同时，并未断绝与社会的联系。对于父亲的奢侈淫逸，德基睁一只眼闭一只眼；对于水原姨太毒死祖父的罪行，德基也通过贿赂警察的手段掩盖。总之，他的一切行为都围绕着守护家族这一目的而展开。不仅如此，他还给予马克思主义者炳华及其同志的女儿弼顺资金上的援助。但是他对社会主义思想始终持同情、保留的态度，反而觉得守护家族更为迫切和实际。觉新除了缓解家庭内部发生的上一代和下一代矛盾之外，还资助离家出走的弟弟从事社会运动。他始终把保护家人作为自己的使命。

至此，到了《三代》和《家》，廉尚燮和巴金选择了回归家族叙事。

在殖民地和半殖民地社会环境下，作家廉尚燮和巴金通过不断的自我调节，获得了作家伦理性。对廉尚燮而言，殖民地朝鲜这一外部环境所衍生的一系列问题，特别是民族问题自始至终困扰着他。他的早期三部曲到中篇《万岁前》，再到 20 世纪 20 年代末的长篇，或多或少地直接或间接地讨论着民族问题。但到了 20 世纪 30 年代，在民族主义运动不被允许的现实条件下，他把反省的目光转向了身边的家庭问题。在廉尚燮的文学作品中，之所以很难找到社会主义者形象的原因与他的现实态度有关。这种态度的形成虽与怀疑近代的态度有关，但家族的影响也不容忽视。特别是大哥出身日本陆军军官学校这一点，足以让他在羡慕的同时产生羞愧的意识。他留学时谋划举事也是基于这种矛盾心理。因此，廉尚燮获得了对任何人和事都不容易倾注感情的批判性视角。在这种视角的影响下，根据不断变化的外部环境重新调整自己位置，从而产生了一种不和谐的声音，而这种不和谐的声音确保了小说的现实性。家族问题成了这一过程的归结点。但环境不允许这种批判性视角存在，廉尚燮的小说便走上了通俗化的道路。《三代》前后的创作恰好证明了这一点。巴金同样根据外部环境不断自我调节，但因中国的社会环境不同于朝鲜，所以不同于廉尚燮，民族问题对于他而言相对不那么重要。与通过日本留学对近代持怀疑态度的廉尚燮不同，巴金的法国留学就像是寻找近代可能性的希望之旅。此外，与殖民势力扎根的廉尚燮的故乡京城（首尔）不同，巴金的故乡成都可以说是外来势力相对薄弱的地方。从这一点来看，在外部侵略和内部战争中，巴金始终对建立新的国家抱有憧憬，因此他的小说积极、健康且具有一定的活跃性。他在早期的文学中大力宣扬革命叙事也与这一点有关。这与不轻易憧憬未来的廉尚燮的小说有着质的区别。20 世纪 20 年代末 30 年代初，随着中国的无政府主义运动进入低谷期，他的小说不再谈论革命，而是谈论家族问题。但叙事以《家》《春》《秋》这一庞大的体量指向整体，并对未来给予了展望。这一点区别于廉尚燮的《三代》。

廉尚燮和巴金文学的比较研究仍有许多待解决的问题，立足于家庭叙事的本研究也只是为了证明这种“可能性”的一种尝试。两位作家与外国文学，特别是与俄罗斯文学之间的关联性研究是一个十分重要的问题，笔者将在之后的研究中持续关注这一问题。

参考文献

[1] 申容厦．韩国近代社会和国际环境 [M]．首尔：NANAM，2008．
[2] 田中正俊．马关条约（1895）和中国经济的半殖民地化构造 [J]．大东文化，1988（18）：498-499．
[3] 金允植，金炫．韩国文学史 [M]．首尔：民音出版社，2009．
[4] 鲁迅．鲁迅全集 [M]．北京：人民文学出版社，2005．
[5] 朴宰雨．中韩现代文学比较研究的历史、现状以及课题 [J]．韩国现代文学比较，2002（22）．
[6] 武振平．韩国廉想涉的长篇小说《三代》[J]．书城，1997（5）．
[7] 崔基荣．1920—1930 年代柳基石的在华独立运动与无政府主义 [J]．韩国近现代史研究，2010（55）．
[8] 崔桂花．1930 年代中韩家族史小说比较研究 [D]．光州：全南大学，2003．
[9] 胡薇．廉尚燮和巴金家族史小说比较研究 [D]．首尔：首尔大学，2009．
[10] 崔英姬．中韩家族小说比较研究——以巴金《家》与廉想涉的《三代》为中心 [D]．长春：吉林大学，2011．
[11] 巴金．巴金全集 [M]．北京：人民文学出版社，1993．
[12] 师泽伟．近代中国无政府主义思潮流变研究（1924—1941）[D]．长春：东北师范大学，2011．
[13] 宋二朗．日本帝国主义对韩国殖民地统治方式研究 [D]．昌原：庆南大学，1987．
[14] 李贤珠．新干会运动研究的成果和课题 [J]．韩国近现代史研究，1995（2）：280．
[15] 波田野节子．日本留学生作家研究 [M]．崔珠瀚，译．首尔：晓明出版社，2011．
[16] 权哲浩．《万岁前》与早期廉尚燮的无政府主义政治美学 [J]．民族文学史研究，2013（52）：179-180．
[17] 陶丽萍．1917—1929 留学欧美作家笔下的西方形象 [D]．武汉：武汉大学，2013．

[18] 禹尚烈．巴金与朝鲜人 [J]．延边大学学报（哲学社会科学版），1993（4）：68．

[19] 韩基亨，李惠铃．廉尚燮文章全集 [M]．首尔：晓明出版社，2013．

[20] 陈思和．巴金研究的几个问题 [J]．社会科学，2006（8）：171．

[21] 李辉．巴金传 [M]．北京：人民日报出版社，2011．

[22] 柳宗浩．廉尚燮 [M]．首尔：西江大学出版社，1998．

[23] 杨文圭．向近代性、现实主义、民族文学的历程——廉尚燮文学的再认识 [M]．修订版．首尔：晓明出版社，2016．

[24] 张开荣．从廉想涉的《三代》看中国儒家思想对韩国文化的影响 [D]．重庆：西南大学，2001．

[25] 郝君峰．30 年代中韩家族小说的叙事比较 [D]．北京：对外经济贸易大学，2006．

[26] 都莲顺．传统的抉择——《三代》与《家》的一个文化比较 [D]．西安：西北大学，2007．

[27] 金义信．中韩两国现代家族小说的丰碑——巴金《家》与廉想涉《三代》之比较 [J]．盐城师范学院学报，2010，30（1）．

[28] 吴阳．中韩现代家族小说比较研究——以巴金的《家》与廉想涉的《三代》为中心 [D]．哈尔滨：黑龙江大学，2012．

[29] 张倩倩．巴金和廉想涉小说中知识分子形象比较研究 [D]．青岛：中国海洋大学，2012．

[30] 崔美兰，周子又．廉想涉《三代》与巴金《家》第三代空间结构之比较 [J]．东疆学刊，2015，32（3）．

[31] 田悦芳．巴金小说形式研究 [M]．上海：复旦大学出版社，2016．

[32] 朴兰英．巴金《家》的主题思想研究 [D]．首尔：高丽大学，1984．

[33] 朴兰英．巴金三部曲研究：以作家的无政府主义思想和作品的关系为中心 [D]．首尔：高丽大学，1991．

[34] 谭洛非．巴金与中国文化 [M]．成都：四川大学出版社，1992．

[35] 姜鲸求．家庭、金钱、权力和性的三重奏：巴金的《家》和廉相燮的《三代》比较研究 [J]．中国学报，1999（40）．

[36] 姜鲸求．中韩现代家族史小说的比较研究——以廉相燮和巴金，以及蔡万植和老舍的小说为中心 [J]．中国现代文学，2001（20）．

[37] 金成玉．廉相燮的《三代》和巴金的《家》的比较研究 [D]．首尔：高丽大学，2000．

[38] 金成玉．作为社会缩影的封建大家庭和新一代生活的应对方式：廉尚燮的

《三代》和巴金的《家》的比较研究 [J]. 中韩人文学研究，2003（10）.
[39] 金成. 廉尚燮的《三大》与巴金的《家》比较研究 [D]. 首尔：檀国大学，2013.
[40] 罗相佑. 廉尚燮的《三代》和巴金的《家》中出现的知识分子形象比较研究 [D]. 首尔：中央大学，2015.
[41] 权美. 20 世纪初中韩日家族史小说比较史研究——以《家》《三代》《家》为中心 [D]. 首尔：首尔大学，2016.
[42] 尹浩炳. 比较文学 [M]. 首尔：民音出版社，1994.
[43] 巴金. 巴金论创作 [M]. 上海：上海文艺出版社，1983.
[44] 沈元燮. 日本留学生的大正昭和体验 [M]. 首尔：晓明出版社，2009.
[45] 徐开垒. 巴金传 [M]. 上海：上海文艺出版社，1991.
[46] 陈思和. 关于凡宰特致巴金信 [J]. 中国现代文学研究，1984（2）：371-372.
[47] 金允植. 廉尚燮研究 [M]. 首尔：首尔大学出版部，1987.
[48] 崔仁淑. 廉尚燮文学的个人主义 [D]. 仁川：仁荷大学，2013.
[49] 陈思和，李辉. 巴金研究论稿 [M]. 上海：复旦大学出版社，2009.
[50] 朴商准. 20 世纪 20 年代文学与廉尚燮 [M]. 首尔：亦乐出版社，2000.
[51] 金明仁. 文学近代的自我意识 [M]. 首尔：晓明出版社，2016.
[52] 黎舟. 巴金与屠格涅夫 [J]. 福建师范大学学报（哲学社会科学版），1982（4）：60.
[53] 列夫·托尔斯泰. 艺术论 [M]. 丰陈宝，译. 北京：人民文学出版社，1958.
[54] 金明仁. 韩国近代文学概念的形成过程——以“悲哀的感觉”为例 [J]. 韩国近代文学研究，2005（5）：198.
[55] 徐英彩. 爱情的语法 [M]. 首尔：民音出版社，2004.
[56] 金庆洙. 廉尚燮短篇小说选 [M]. 首尔：文学与知性社，2016.
[57] 金庆洙. 廉尚燮中篇小说选 [M]. 首尔：文学与知性社，2005. 廉尚燮全集
[58] 廉尚燮. 廉尚燮全集 [M]. 首尔：民音出版社，1987.
[59] 岛崎藤村. 家 [M]. 卢英姬，译. 首尔：民文库出版社，1990.